COLLEZIONE DI TEATRO

71.

Titolo originale *Der gute Mensch von Sezuan*
Collaboratori: R. Berlau, M. Steffin
Musica: P. Dessan

Traduzione di Ginetta Pignolo

La poesia di epilogo è stata tradotta da Emiliano Castellani
www.einaudi.it

ISBN 978-88-06-06403-7

Bertolt Brecht

L'ANIMA BUONA DEL SEZUAN

Parabola scenica

A cura di Emilio Castellani

Giulio Einaudi editore

1938-40: gli anni piú cupi della recente storia d'Europa, quando il fascismo sembra essere ormai una forza irresistibile: gli anni in cui si consuma il sacrificio della Repubblica spagnola e le democrazie occidentali capitolano a Monaco e Hitler, con feroce determinazione, avvia la sua macchina di guerra e invade la Cecoslovacchia, schiaccia la Polonia, occupa la Norvegia, stronca le reni alla Francia; e non solo lo spavaldo botolo Mussolini ma, ahimè, la stessa Russia sovietica partecipa alle briciole del sanguinario banchetto; e chi tenta di trovare un senso a tutto quest'orrore, gli si legge in volto la disperazione, lo sgomento per il baratro popolato di lupi e di roghi verso cui il mondo è incamminato. In questo volgere d'anni Brecht, esule tra Danimarca e Finlandia, dà la misura della piena maturità ormai raggiunta dal suo ingegno componendo quelle che sono forse le sue due opere teatrali piú altamente e liberamente meditate: *Vita di Galileo* e *L'anima buona del Sezuan*.

Se infatti l'imponenza del personaggio e la folgorante (soprattutto a partire dall'agosto '45) rispondenza del tema alla problematica massima della nostra epoca hanno conferito, e tuttora conferiscono, al *Galileo* una forza di presa incomparabile sui pubblici d'ogni dove, è certo che nessun altro testo brechtiano (eccettuati al piú alcuni esempi di opere didattiche – *L'eccezione e la regola, Gli Orazi e i Curiazi* – il cui prevalente carattere e scopo sperimentali sono comunque incontestabili) raggiunge la purezza di disegno e la coerenza di pensiero, l'icasticità poetico-ideologica della «parabola scenica» di Shen Te.

Nella capitale della provincia cinese del Sezuan giungono tre dèi, in pellegrinaggio attraverso il paese alla ricerca di qualche anima buona; e ne trovano una nella persona della prostituta Shen Te, che accorda loro ricovero per la notte. Il compenso per tale atto di bontà è una tonda sommetta, mille dollari d'argento, ossia, per Shen Te, la possibilità di vivere bene. Ma la munifica largizione è accompagnata dal comandamento di continuare a praticare la bontà. Fatale errore, insanabile incongruenza! Solo gli dèi possono commetterla, poiché ad essi non è dato immischiarsi in faccende economiche. Ma la povera Shen Te si trova subito addosso uno sciame di parassiti e di postulanti, di falsi e veri bisognosi esigenti fino alla ferocia. A complicare la situazione interviene l'amore: Shen Te, non piú costretta alla sua antica, vergognosa condizione, può finalmente innamorarsi di un uomo: il male è che si tratta di un giovane povero, l'aviatore disoccupato Yang Sun. L'affetto è ricambiato, ma Sun vede nel gruzzolo di Shen Te la possibilità di unire l'utile al dilettevole, di versare cioè la cauzione che gli consentirebbe di riavere un impiego nell'aviazione civile; e la poco scrupolosa impazienza del giovinotto rischia di far rovinare ogni cosa nel baratro della dissipatezza e della disonestà. Shen Te apre gli occhi: non deve cedere, deve irrigidirsi. Pazienza: se necessario, sarà inesorabile e anche crudele. Per accrescere il suo credito di nuova ricca, i parassiti hanno sparso la voce che Shen Te ha un cugino, un certo Shui Ta abitante in una città vicina; ed ecco che Shui Ta interviene in carne e ossa, a prendere in mano le redini dell'amministrazione, a comportarsi da gelido e sagace uomo d'affari verso tutto il famelico stuolo, ivi compreso Yang Sun. Ma quando l'affarista Shui Ta è in scena, immancabilmente la soave Shen Te scompare. La spiegazione è semplice: Shui Ta non è che Shen Te travestita. Quando si tratta della propria esistenza, di preparare il posto a un figlio che deve nascere, di dare a chi ci circonda la possibilità di vivere meglio e piú dignitosamente, occorre anche saper essere inumani, spietati: prima di tutto verso noi stessi e verso quelli che piú amiamo. Ma è triste, atrocemente triste, questa necessità di soffrire e di far soffrire: è l'aspetto piú affaticante e drammatico della condizione umana. Gli dèi possono non capacitarsene perché a loro resta sempre una via d'uscita: poco prima che cali il sipario, potranno tornarsene lassú, nella loro beata irrealtà. Quaggiú rimangono le anime buone, a tendere smarrite le braccia verso una nuvoletta che sale sempre piú in alto.

Come si vede, pur nascendo in un tempo quant'altri mai travagliato ed incerto, per il suo autore e per l'umanità intera, *L'anima buona del Sezuan* non contiene alcun riferimento all'attualità, anzi mantiene di fronte ad essa un atteggiamento di netto distacco: lo «straniamento» che Brecht ritiene condizione indispensabile per la realizzazione di un teatro rispondente alle esigenze del mondo moderno, è qui addirittura *in re ipsa*. Anche per questo motivo l'opera appare come il punto d'arrivo, estremamente cosciente e lucido, di una lunga elaborazione estetica poggiante su alcuni degli esiti piú profondamente maturati e cardinali nella carriera di Brecht poeta, drammaturgo, teorico e ideologo: dal giovanile *Un uomo è un uomo* – che ad ogni rilettura rivela piú evidente la sua anticipatrice vitalità – a componimenti poetici quali *Gli amanti*, il *Canto dei battellieri del riso*, la *Leggenda sull'origine del libro Taotseking*, *Il ladro di ciliege*, *A coloro che verranno*, le tappe piú pure, cioè, della poesia brechtiana; dall'esperienza dei «Lehrstücke» che, seppur teatralmente condizionata dai suoi limiti programmatici, conserva tuttavia inalterata la sua validità innovatrice in fatto di linguaggio scenico, a certi scritti teorici fondamentali (in particolare quelli sulla «scena di strada» e sull'effetto di straniamento nella recitazione cinese) e ad esclusione, magari, di altri testi di maggiore risonanza come l'*Opera da tre soldi*, o ideologicamente piú combattivi come *Santa Giovanna dei Macelli*.

Dal filone cui abbiamo accennato e che, ripetiamo, conserva nel disegno complessivo dell'opera dello scrittore un rilievo di particolare coerenza e lucidità, l'*Anima buona* è forse il frutto piú maturo e completo, nato in un momento di eccezionale felicità creativa, per non dire di patetica (in quel grondare di tempeste!), ineffabile serenità. Che non ha nulla in comune, sia ben chiaro, con qualsiasi nostalgia di evasioni o di situazioni *au-dessus de la mêlée*! L'esotismo della sua dilettissima Cina è, qui, ben scevro da compiacenze favolistiche, e anche da quel pizzico di gusto archeologizzante alla Malraux che si poteva avvertire, p. es., nella *Linea di condotta*: questa Cina è «semieuropeizzata» e perciò, accanto al suo innumerevole, patriarcale e gentile mondo di artigiani bottegai *clochards*, già vi allignano gli esemplari e i sottoesemplari della borghesia capitalistica, grande media e piccola, con le sue caratteristiche di ferocia conservatrice o arraffatrice, di bestiale egoismo, di fatuità velleitaria, insomma con la sua smisurata capacità di spreco, di disordine. L'assunto ideologico è ben radicato sul fatto di gusto e di cultura: la «semieuropeizzazione» della remota provincia cinese corrisponde al momento in cui, dalla crisalide sottosviluppata e patriarcale, nasce, prorompe anzi, l'economia capitalistica (la fabbrica di tabacchi di Shui Ta) con tutta la prepotenza trascinante del suo potenziale, con la sua forza di sviluppo e di valorizzazione delle umane capacità grazie all'applicazione di tecniche razionali e progredite. E Sun, il giovanotto pasticcione e sognatore, affamato di donne e di soldi ma anche carico di vitalità e di sportività (si pensi al Garga di *Nella giungla delle città*, all'aviatore de *L'approdo*...), riesce, grazie ai nuovi rapporti di produzione, a trasformarsi in uomo importante ed apprezzato, in un «produttore».

Ma la grande novità, l'audace *tour de force* stavolta tentato e splendidamente realizzato da Brecht è l'aver «raccontato» plasticamente nello stesso personaggio, uno e doppio, di Shen Te - Shui Ta l'intera parabola dello sviluppo del capitalismo. Il classico artificio teatrale del travestimento donna-uomo acquista nell'*Anima buona* una forza di dimostrazione emblematica, di volontario «effetto», cosí precisa e definitiva, da gettare una luce chiarificatrice sulle molteplici fila dell'intricato processo sociale preso in esame. Nel bivalente e bisessuato personaggio i poli della dialettica si sistemano con armoniosa evidenza, seguono con perfetta linearità le loro necessarie (e necessariamente contraddittorie) direttrici di sviluppo, quella dell'«angelo dei sobborghi» e quella dello spregiudicato imprenditore; e non meno necessariamente sboccano nella lacerazione, nel disperato strazio finale, quando Shen Te, davanti ai tre dèi (parodia non irriverente del principio provvidenziale, ovverossia liberistico, condotta però in chiave di sorridente autoritratto dello scrittore fuggiasco), è costretta a constatare che tanto l'una che l'altra strada sono senza uscita. La poesia di «congedo» coll'appello agli spettatori perché aiutino a cercare la soluzione del nodo apparentemente insolubile, è l'ultimo tocco magistrale apportato dallo stilista Brecht a questa sua creazione: squisita, struggente e inquietante come nessun'altra.

EMILIO CASTELLANI

L'ANIMA BUONA DEL SEZUAN

Personaggi

Wang, acquaiolo
I tre dèi
Shen Te | Shui Ta
Yang Sun, aviatore disoccupato
La signora Yang, sua madre
La vedova Shin
La famiglia di otto persone
Lin To, falegname
Mi Tzü, padrona di casa
Il poliziotto
Il mercante di tappeti
Sua moglie
La giovane prostituta
La vecchia prostituta
Shu Fu, barbiere
Il bonzo
Il disoccupato
Il cantiniere
I passanti del prologo

Luogo dell'azione: la capitale semieuropeizzata del Sezuan.
La provincia del Sezuan, che nella presente parabola simboleggia tutti i luoghi dove gli uomini sono sfruttati dagli uomini, oggi non fa piú parte di questi luoghi.

Prologo.

Una strada nella capitale del Sezuan.

È sera. Wang, l'acquaiolo, si presenta al pubblico.

WANG Sono l'acquaiolo, qui, nella capitale del Sezuan. Il mio è un mestiere molto faticoso: quando c'è poca acqua, devo correre da un capo all'altro della città, e quando ce n'è molta, non guadagno niente. Ma in tutta la nostra provincia regna la piú grande miseria, e tutti dicono che ormai soltanto gli dèi potrebbero aiutarci. Ora, con mia gioia indicibile, da un mercante di bestiame che fa molti viaggi, ho appreso che alcuni altissimi dèi si sono già posti in cammino e che possiamo aspettarceli anche qui nel Sezuan. Evidentemente, in cielo c'è molta inquietudine per le troppe lagnanze che arrivano lassú. Già da tre giorni aspetto qui, alle porte della città, specialmente verso sera, per poter essere il primo ad accoglierli. Piú tardi, difficilmente avrei l'occasione di farlo: saranno circondati dai pezzi grossi e soprattutto saranno assediati di richieste. Purché mi riesca di riconoscerli! Impossibile che arrivino insieme. Forse verranno uno alla volta per non dare nell'occhio. Non possono essere quei tre, quelli vengono dal lavoro. (*Osserva degli operai che passano*) Hanno le spalle incurvate dal portar pesi. Anche quello è impossibile che sia un dio, ha le dita sporche d'inchiostro. Tutt'al piú è impiegato negli uffici di qualche cementeria. E nemmeno quei signori laggiú (*passano due signori*) mi sembrano dèi. Hanno un'espressione brutale, come di gente che bastona molto, e questo gli dèi non hanno bisogno di farlo. Ma guarda! Là, quei tre! Quelli hanno un'aria tutta diversa, non portano i segni di nessuna occupazione e hanno le scarpe sporche di polvere, perciò vengono da molto lontano. Sono loro! Disponete di me, o altissimi! (*Si butta a terra*).

PRIMO DIO (*compiaciuto*) Siamo aspettati?

WANG (*versa loro da bere*) Da molto tempo. Ma io solo sapevo che sareste venuti.

PRIMO DIO Abbiamo bisogno di alloggio per questa notte. Potresti trovarci una camera?

WANG Una? Ma non si contano! Tutta la città è al vostro servizio, o altissimi! Dove desiderate abitare?

Gli dèi si scambiano sguardi eloquenti.

PRIMO DIO Prendi la casa piú vicina, figliolo! Per cominciare, prova la prima che capita!

WANG Ho paura solo di attirarmi l'inimicizia dei potenti se do la preferenza all'uno piuttosto che all'altro.

PRIMO DIO Perciò ti ordiniamo: prendi la piú vicina!

WANG Quella là è del signor Fo. Abbiate pazienza un momento. (*Corre a una casa e picchia alla porta; la porta si apre ma egli viene respinto. Torna indietro titubante*) Incredibile! Il signor Fo non è in casa e la sua servitú non osa far niente senza i suoi ordini perché è molto severo. Andrà su tutte le furie quando saprà chi hanno respinto dalla sua casa, no?

GLI DÈI (*sorridendo*) Certo.

WANG Ancora un momento di pazienza. La casa accanto appartiene alla vedova Su. Sarà fuori di sé dalla gioia. (*Corre alla casa, ma evidentemente anche questa volta è respinto*) Devo informarmi meglio. Dice di non avere che una cameretta e che non è nemmeno in ordine. Mi rivolgerò subito al signor Ceng.

SECONDO DIO Ma una cameretta è tutto quel che ci occorre. Dille che andiamo.

WANG Anche se non è in ordine? Forse è piena di ragni.

SECONDO DIO Non importa. Dove ci sono i ragni, ci sono meno mosche.

TERZO DIO (*cortesemente, a Wang*) Va' dal signor Ceng, amico, oppure da qualche altro. I ragni mi fanno un po' schifo.

Wang bussa di nuovo a una porta e viene introdotto.

VOCE (*dall'interno della casa*) Lasciaci in pace con i tuoi dèi! Abbiamo già abbastanza fastidi!

WANG (*tornando dagli dèi*) Il signor Ceng è costernato: ha la casa piena di parenti e non osa presentarsi al vostro cospetto, o altissimi. Detto fra noi, credo che ci siano anche delle persone cattive, e lui non vuole che le vediate. Ha una gran paura del vostro giudizio, ecco tutto.

TERZO DIO Siamo dunque cosí terribili?

WANG Solo per i cattivi, nevvero? Si sa bene che la provincia di Kwan è da secoli afflitta da inondazioni.

SECONDO DIO Ah sí? E come mai?

WANG To'! Perché là non c'è timor di Dio.

SECONDO DIO Sciocchezze! È perché hanno lasciato andare in malora la diga!

PRIMO DIO Ssst! (*A Wang*) Hai ancora speranza, figliolo?

WANG Come puoi chiedermelo? Non ho che da fare un passo piú in là per sceglierví un alloggio. La gente non domanda altro che di potervi ospitare. Casi disgraziati, capite! Corro! (*Se ne va titubante e rimane perplesso in mezzo alla strada*).

SECONDO DIO Che cosa avevo detto?

TERZO DIO Possono sempre essere dei casi disgraziati!

SECONDO DIO Casi disgraziati nel Shun, nel Kwan, nel Sezuan? Non c'è piú gente timorata di Dio, questa è la verità, e voi non volete guardarla in faccia. La nostra missione è fallita, convenitene.

PRIMO DIO Possiamo sempre trovare un'anima buona da un momento all'altro. Non bisogna poi credere che sia tanto facile.

TERZO DIO Nella Decisione Suprema è detto: il mondo può rimanere qual è se vi sarà un numero sufficiente di anime buone che possano condurre una vita degna. Lo stesso acquaiolo è già uno di costoro, se non mi sbaglio del tutto. (*Va verso Wang che sta ancor sempre indeciso*).

SECONDO DIO Si sbaglia, e come! Quando l'acquaiolo ci ha dato da bere nel suo misurino, ho visto una cosa. Guarda il misurino. (*Lo fa vedere al primo dio*).

PRIMO DIO Ha il doppio fondo.

SECONDO DIO Un impostore!

PRIMO DIO Va be', non contiamolo. Ma che vuol dire se ce n'è uno di marcio! Ne troveremo abbastanza per rimanere nei patti. Dobbiamo trovarne uno! Da duemila anni si sente gridare che il mondo non va avanti cosí com'è, che nessuno al mondo può essere e rimanere buono. Dobbiamo finalmente poter indicare questa o quella persona capace di rispettare i nostri comandamenti.

TERZO DIO (*a Wang*) Forse è troppo difficile trovare alloggio?

WANG Non per voi! Ma vi pare? Se ancora non se n'è trovato uno, la colpa è mia che non so cercare.

TERZO DIO Questo certo no. (*Torna indietro*).

WANG Già se ne accorgono! (*Parla a un signore*) Scusi, egregio signore, se mi rivolgo a lei, ma tre degli dèi piú influenti, della cui probabile venuta si parla da anni in tutto il Sezuan, sono davvero arrivati e hanno bisogno di alloggio. Non se ne vada! Si convinca: basta che li guardi! Per amor di Dio, non se li lasci sfuggire! È un'occasione unica. Inviti subito gli dèi sotto il suo tetto, prima che glieli soffi qualcun altro: vedrà che accetteranno.

Il signore ha proseguito.

WANG (*si rivolge a un altro*) Caro signore, ha sentito di che si tratta: può alloggiarli lei? Non è necessario che siano stanze principesche. L'intenzione è quel che conta.

L'UOMO Come faccio a sapere che specie di dèi sono i tuoi? Chi sa che gente mi metto in casa! (*Entra in una tabaccheria*).

WANG (*torna di corsa verso gli dèi*) Ho trovato un signore che certamente è d'accordo. (*Vede il suo misurino in ter-

ra, guarda gli dèi smarrito, raccatta il misurino e torna indietro di corsa).

PRIMO DIO Poco incoraggiante.

WANG (*all'uomo che esce dalla tabaccheria*) E allora, per quelle camere?

UOMO Chi ti dice che io non abiti all'albergo?

PRIMO DIO Non trova. Anche su questo Sezuan possiamo tirare un frego.

WANG Sono tre fra i maggiori dèi! Le loro statue nel tempio sono molto somiglianti. Se va subito ad invitarli, forse accettano.

UOMO (*ridendo*) Devono essere dei bei tipi di truffatori, e tu vuoi farmeli prendere in casa! (*Via*).

WANG (*inveisce dietro di lui*) Pezzo di mascalzone guercio! Non hai un po' di timor di Dio? Finirete tutti a cuocere nella pece bollente con la vostra indifferenza! Gli dèi ve lo metteranno in quel posto! Ve ne pentirete, veh! Dovrete pagarla fino alla quarta generazione! Tutto il Sezuan avete coperto di vergogna! (*Pausa*). Ora non rimane altro che Shen Te la prostituta; quella non potrà dire di no. (*Chiama*) Shen Te! (*Compare Shen Te alla finestra*). Sono arrivati e non riesco a trovargli un tetto! Non puoi prenderli tu per una notte?

SHEN TE Credo di no, Wang. Aspetto un cliente. Ma è possibile che non trovi da alloggiarli?

WANG Ti spiegherò piú tardi. Questo Sezuan è un letamaio.

SHEN TE Dovrei nascondermi quando viene. Forse andrà via. Vuole anche portarmi a spasso.

WANG Non potremmo entrare, intanto?

SHEN TE Ma non discorrete a voce alta. Si può parlare chiaro con loro?

WANG No! Non devono sapere niente dei tuoi traffici. Sarà meglio che aspettiamo di sotto. Ma tu, non te ne andrai con lui?

SHEN TE Mi trovo in cattive acque: se non metto insieme i denari dell'affitto per domani mattina, mi buttano fuori.

WANG In un momento simile non si sta a fare i conti.

SHEN TE Non lo so. Purtroppo lo stomaco brontola anche il giorno della festa dell'imperatore. Ma va bene, li prenderò. (*La si vede spegnere la luce*).

PRIMO DIO Temo che non ci siano speranze.

Vanno verso Wang.

WANG (*sobbalza quando li vede comparire dietro di sé*) L'alloggio è trovato. (*Si asciuga il sudore*).

GLI DÈI Sí? Allora entriamo.

WANG Non c'è fretta. Potete prendervela calma. La stanza va riordinata.

GLI DÈI Allora ci sediamo qui ad aspettare.

WANG Qui forse c'è troppo movimento. Sarà meglio che andiate laggiú.

SECONDO DIO Stiamo volentieri a guardare la gente. Proprio per questo siamo venuti.

WANG Ma qui c'è corrente d'aria.

SECONDO DIO Oh, abbiamo la pelle dura, noi!

WANG Ma forse volete che vi faccia visitare il Sezuan notturno? Possiamo fare una passeggiatina.

TERZO DIO Oggi abbiamo già camminato molto. (*Sorridendo*) Ma se vuoi che andiamo via di qui, non hai che da dirlo. (*Vanno piú indietro*). Ti va, qui?

Si siedono sui gradini di una casa. Wang si siede un po' in disparte, per terra.

WANG (*tutto d'un fiato*) Abiterete da una ragazza che vive sola. È la persona piú buona di tutto il Sezuan.

TERZO DIO Oh, bene.

WANG (*rivolto al pubblico*) Poco fa, quando ho preso in mano il misurino, mi hanno guardato in modo strano. Si saranno accorti di qualche cosa? Non oso piú guardarli negli occhi.

TERZO DIO Sei molto stanco.

WANG Un po', sí, con tutto questo correre.

PRIMO DIO Fanno vita dura, qui, la gente?

WANG I buoni sí.

PRIMO DIO (*serio*) Anche tu?

WANG So cosa volete dire! Io non sono buono. Ma anche per me la vita non è facile.

Intanto è comparso un signore davanti alla casa di Shen Te e ha fischiato piú volte: ogni volta Wang ha sussultato.

TERZO DIO (*piano a Wang*) Mi pare che se ne sia andato.
WANG (*confuso*) Sissignore.

Si alza e corre alla piazza, lasciando il carrettino dell'acqua dove sta. Intanto è accaduto questo: l'uomo che aspettava Shen Te se ne è andato e Shen Te è comparsa sulla soglia chiamando piano: «Wang», e poi è andata giú per la strada a cercare di lui. Ora, quando Wang chiama piano «Shen Te», non riceve risposta.

WANG Se l'è squagliata. È andata a mettere insieme i soldi dell'affitto, e io non ho un alloggio per gli altissimi. Sono stanchi e aspettano. Non posso piú tornare da loro col mio eterno «Non se ne fa niente!» Del mio giaciglio che è in una conduttura di fogna, non c'è da parlarne; e in ogni caso gli dèi non vorrebbero abitare in casa di uno come me, dopo che hanno visto che truffo sulle misure. Non tornerò da loro per tutto l'oro del mondo; ma ho lasciato là il mio carrettino. Che fare? Non ho il coraggio di andarlo a prendere. Voglio andarmene da questa città e nascondermi ai loro occhi perché non sono riuscito a far niente per loro, io che li venero tanto. (*Corre via*).

Appena è scomparso, riappare Shen Te, che cerca dall'altra parte e vede gli dèi.

SHEN TE Siete voi gli altissimi dèi? Il mio nome è Shen Te. Sarei felice se voleste onorarmi accettando la mia stanzetta.
TERZO DIO Ma dov'è andato l'acquaiolo?
SHEN TE Forse non ci siamo incontrati.
PRIMO DIO Forse ha creduto che tu non saresti piú venuta e non ha piú osato tornare da noi.
TERZO DIO (*prende il carrettino dell'acquaiolo*) Lo metteremo in casa tua. Gli serve. (*Entrano, preceduti da Shen Te, in casa di lei*).

Si fa buio e poi di nuovo chiaro. Nella luce dell'alba gli dèi escono dalla porta, guidati da Shen Te che regge una lampada. Si accomiatano.

PRIMO DIO Cara Shen Te, ti ringraziamo per la tua ospitalità. Non dimenticheremo che tu sei quella che ci ha accolti. Restituisci il carretto all'acquaiolo e digli che ringraziamo anche lui per averci fatto conoscere un'anima buona.

SHEN TE Non sono buona. Devo farvi una confessione. Quando Wang è venuto a chiedermi di ospitarvi, ho esitato.

PRIMO DIO Esitare non ha importanza, purché si vinca. Sappi che tu ci hai dato molto piú che un tetto per passare la notte. Molti, e tra questi anche alcuni di noi dèi, sono stati presi dal dubbio se esistano ancora delle persone buone, e principalmente per chiarire questa cosa abbiamo intrapreso il nostro viaggio. Ora ci rimettiamo in cammino con gioia, perché ne abbiamo trovata una. Arrivederci!

SHEN TE Fermatevi, o altissimi, non sono affatto sicura di essere buona. Certo, vorrei esserlo, ma come faccio a pagare l'affitto? Ecco: voglio confessarmi a voi: io mi vendo per vivere, ma anche cosí non riesco a cavarmela, perché ce ne sono tante altre che devono fare la stessa cosa. Sono pronta a tutto, ma chi non lo è? Certo, sarei felice di poter onorare il padre e la madre e di dire sempre la verità. Sarebbe molto meglio per me non dover desiderare tanto la casa del prossimo e mi farebbe piacere poter appartenere a un uomo con fedeltà. E vorrei anche non sfruttare gli altri per ciò che mi occorre, né togliere il pane a chi è povero. Ma come posso fare? Anche non osservando certi comandamenti, tiro avanti a malapena.

PRIMO DIO Tutti questi, Shen Te, non sono che gli scrupoli di un'anima buona.

TERZO DIO Addio, Shen Te, e salutami tanto anche l'acquaiolo. È stato un amico per noi.

SECONDO DIO Ho paura che non gli abbia giovato molto.

TERZO DIO Stai di buon umore!

PRIMO DIO Soprattutto, sii buona, Shen Te! Addio!

Si voltano e si avviano. La salutano già con cenni.

SHEN TE (*angosciata*) Ma non sono sicura di me, o altissimi! Come posso essere buona se tutto è cosí caro?

SECONDO DIO Per questo purtroppo non possiamo far niente, non possiamo occuparci di questioni economiche.

TERZO DIO Fermi! Un momento! Se avesse un po' piú di denaro, potrebbe cavarsela meglio.

SECONDO DIO Non possiamo dargliene. Non potremmo poi giustificare la spesa, lassú.

PRIMO DIO Perché no?

Avvicinano le teste e discutono concitatamente.

PRIMO DIO (*a Shen Te, imbarazzato*) Abbiamo sentito che non arrivi a mettere insieme i soldi per l'affitto. Noi non siamo poveri, e perciò ti paghiamo per il pernottamento. Ecco! (*Le dà del denaro*) Non dire però a nessuno che ti abbiamo pagata. È una cosa che potrebbe essere interpretata male.

SECONDO DIO Molto male.

TERZO DIO No, è una cosa lecita. Possiamo tranquillamente pagarle il pernottamento. Nella Decisione Suprema non c'è una parola in contrario. Dunque, arrivederci!

Gli dèi escono rapidamente.

I.

Una piccola tabaccheria.

Il negozio non è ancora del tutto installato e non ancora aperto.

SHEN TE (*al pubblico*) Sono tre giorni che gli dèi se ne sono andati. Hanno detto di volermi pagare per la notte passata in casa mia, e quando ho guardato quanto mi avevano dato, ho visto che erano piú di mille dollari d'argento. Con quel denaro ho comprato una tabaccheria. Ieri ho fatto trasloco e spero di poter compiere molte buone azioni. Per esempio, la signora Shin, ex proprietaria di questo negozio, già ieri è venuta a chiedermi del riso per i suoi bambini. Anche oggi la vedo attraversare la piazza con la sua pentola. (*Entra la vedova Shin. Le due donne si salutano con inchini*). Buongiorno, signora Shin.

SHIN Buongiorno, signorina Shen Te. Le piace la sua nuova casa?

SHEN TE Mi piace molto. Come hanno passato la notte i suoi bambini?

SHIN Oh, in casa d'altri, se può chiamarsi casa quella baracca! Il piú piccolo ha già la tosse.

SHEN TE Che guaio!

SHIN Lei non sa nemmeno cosa siano i guai! A lei la va bene! Ma ne vedrà di tutti i colori in questa stamberga; è un quartiere di miserabili.

SHEN TE Però lei mi ha detto che a mezzogiorno vengono gli operai della cementeria?

SHIN Ma a parte quelli, non c'è nessun altro che compra: nemmeno i vicini.

SHEN TE Quando mi ha venduto il negozio, non mi ha fatto parola di questo.

SHIN Vorrebbe anche farmi dei rimproveri, adesso! Prima porta via la casa a me e ai bambini e poi la chiama stamberga e quartiere di miserabili. È il colmo! (*Piange*).

SHEN TE (*subito*) Vado a prenderle il riso.

SHIN Volevo pregarla di prestarmi anche un po' di soldi.

SHEN TE (*mentre le versa il riso nella pentola*) Questo non posso. Non ho ancora venduto niente.

SHIN Ma io ne ho bisogno. Di che cosa devo vivere? Mi ha portato via tutto e adesso mi prende per il collo. Le metterò i miei bambini qui sulla porta, assassina! (*Le strappa la pentola di mano*).

SHEN TE Non si arrabbi! Sta versando tutto il riso!

Entrano due coniugi attempati e un tipo male in arnese.

MOGLIE Oh, cara Shen Te, abbiamo sentito che la ti va benone. Sei diventata una donna d'affari! E noi, pensa, siamo senza tetto! Abbiamo dovuto chiudere la nostra tabaccheria. Pensavamo che forse ci avresti permesso di passare la notte qui da te. Conosci mio nipote? È venuto anche lui, non ci lascia mai.

IL NIPOTE (*guardandosi intorno*) Bella botteghina!

SHIN E chi sono questi?

SHEN TE Sono stati i miei primi padroni di casa, quando sono venuta dalla campagna in città. (*Al pubblico*) Quando poi il mio gruzzolo è sfumato mi hanno messo sulla strada. Adesso, forse, hanno paura che io dica di no.

Sono poveri.
Sono senza tetto.
Non hanno amici.
Hanno bisogno d'aiuto:
Come potrei dire di no?

(*Gentilmente ai nuovi arrivati*) Siate i benvenuti! Vi ospiterò volentieri, però ho soltanto una stanzetta nel retrobottega.

MARITO Ci basterà. Non preoccuparti. (*Mentre Shen Te offre il tè*) Qui dietro staremo benissimo e non ti dare-

mo impiccio. Hai comprato la tabaccheria in ricordo della tua prima casa, non è vero? Potremo darti qualche suggerimento. Anche per questa ragione siamo venuti.
SHIN (*beffarda*) Speriamo che vengano anche dei clienti.
MOGLIE Ce l'ha con noi?
MARITO Ssst! Ecco un cliente.

Entra un uomo cencioso.

UOMO CENCIOSO Scusi. Sono disoccupato.

La vedova Shin ride.

SHEN TE In che cosa posso servirla?
DISOCCUPATO Ho sentito dire che domani aprirete il negozio. Ho pensato che quando si disfano gli imballaggi si trova sempre qualcosa di guasto. Non vi cresce una sigaretta?
MOGLIE Questa poi! Mendicare il tabacco! Chiedesse almeno del pane!
DISOCCUPATO Il pane costa caro. Due boccate di sigaretta e sono un altro uomo. Guardate come sono ridotto.
SHEN TE (*gli dà delle sigarette*) È importante poter essere un altro uomo. Voglio inaugurare il mio negozio con lei. Mi porterà fortuna.

Il disoccupato si accende subito una sigaretta, la aspira e se ne va tossendo.

MOGLIE Credi di aver fatto bene, cara Shen Te?
SHIN Se inaugura cosí il suo negozio, non le durerà tre giorni.
MARITO Scommetto che aveva ancora dei soldi in tasca.
SHEN TE Ma se ha detto che non ne aveva.
IL NIPOTE Come fa a sapere che non le ha detto una bugia?
SHEN TE (*indispettita*) E come faccio a sapere che me l'ha detta?
MOGLIE (*crollando il capo*) Non sa dire di no! Sei troppo buona, Shen Te. Se vuoi conservare il tuo negozio devi anche essere capace di rifiutare, una volta o l'altra.

MARITO Di' che non è tuo. Di' che è di un tuo parente che vuole i conti al centesimo. Chi te l'impedisce?

SHIN Nessuno glielo impedisce. Il male è che vuol sempre darsi le arie della benefattrice.

SHEN TE (*ridendo*) Avanti, insultatemi! Vi metto subito fuori di casa e mi riprendo il riso!

MOGLIE (*scandalizzata*) Come! Anche il riso è tuo?

SHEN TE (*al pubblico*)

Sono cattivi.
Non hanno amici.
Non darebbero un chicco di riso.
Di tutto hanno bisogno:
chi potrebbe sgridarli?

Entra un ometto.

VEDOVA SHIN (*vedendolo si affretta ad andarsene*) Tornerò domani. (*Esce*).

OMETTO (*le grida dietro*) Ferma, signora Shin, cercavo proprio lei!

MOGLIE Viene regolarmente, quella? Ha qualche diritto da far valere?

SHEN TE Non ha nessun diritto, ma ha fame: è di piú.

OMETTO Sa bene perché corre, quella! È lei la nuova proprietaria del negozio? Ah, vedo che sta riempiendo gli scaffali. Ma badi che non le appartengono! A meno che non me li paghi! Quella gentaglia che stava qui prima non me li ha pagati. (*Rivolto agli altri*) Sono il falegname.

SHEN TE Ma io credevo che facessero parte dell'arredamento che ho pagato.

FALEGNAME Bugie! Tutte bugie! Se la intende certo con quella Shin. Fuori i miei cento dollari d'argento, com'è vero che mi chiamo Lin To!

SHEN TE Come faccio a pagarla, se non ho piú denaro?

FALEGNAME E io faccio vendere tutto quanto all'asta! Subito! Mi paga subito, o le faccio sequestrare tutto!

MARITO (*suggerendo a Shen Te*) Il cugino!

SHEN TE Non possiamo aspettare il mese prossimo?

FALEGNAME (*gridando*) No!

SHEN TE Non sia cosí cattivo, signor Lin To. Non posso far fronte subito a tanti impegni. (*Al pubblico*)

Un po' di tolleranza e le forze raddoppiano.
Ecco: la rozza si ferma e annusa un ciuffo d'erba.
Fingiamo di non accorgercene: tirerà meglio il carico.
Un poco di pazienza in giugno, e in agosto
vedremo l'albero carico di pesche. Come
vivremmo insieme senza essere pazienti?
Con un po' di respiro
si raggiungono le mete piú lontane.

(*Al falegname*) Abbia un pochino di pazienza, signor Lin To!

FALEGNAME E chi avrà pazienza per me e la mia famiglia? (*Smuove uno scaffale dal muro, come se volesse portarselo via*) Paghi, o mi porto via gli scaffali!

MOGLIE Mia cara Shen Te, perché non affidi la faccenda a tuo cugino? (*Al falegname*) Metta per iscritto il suo credito e il cugino della signorina Shen Te pagherà.

FALEGNAME Li conosciamo, questi cugini!

IL NIPOTE Non far lo scemo! Lo conosco personalmente.

MARITO È un tipo tutto d'un pezzo.

FALEGNAME Bene, gli mando il conto. (*Capovolge lo scaffale, ci si siede sopra e scrive il conto*).

MOGLIE A lasciarlo fare, ti strapperebbe la camicia di dosso, per quel paio di assi marce. Non riconoscere mai un debito, giusto o non giusto, altrimenti ti schiacceranno sotto i debiti, giusti o non giusti. Butta un pezzo di carne nel bidone della spazzatura e tutti i cani bastardi del vicinato si azzufferanno nel tuo cortile. I tribunali ci sono pure per qualche cosa!

SHEN TE I tribunali non gli daranno da mangiare se non gliene darà il suo lavoro. Ha lavorato e non vuole andarsene a mani vuote. E poi ha la famiglia da mantenere. È un guaio che io non possa pagarlo! Cosa diranno gli dèi?

MARITO Hai fatto la tua parte quando hai accolto noi: è piú che sufficiente.

Entrano uno zoppo e una donna incinta.

ZOPPO (*alla coppia*) Ah, siete qui, voi? Bei parenti siete! Piantarci cosí, all'angolo di una strada!

MOGLIE (*imbarazzata, a Shen Te*) Sono mio fratello Wung e mia cognata. (*Ai due*) Non fate storie e sedetevi là nell'angolo per non disturbare la nostra buona amica, signorina Shen Te. (*A Shen Te*) Credo che possiamo tenerli qui, visto che la cognata è al quinto mese. O non sei del parere?

SHEN TE Siate i benvenuti!

MOGLIE Ringraziate. Le tazze sono là dietro. (*A Shen Te*) Non avrebbero saputo dove andare. Meno male che hai il negozio.

SHEN TE (*ridendo, al pubblico, mentre porta il tè*) Già, meno male che ho il negozio!

Entra la padrona di casa, signora Mi Tzü; ha in mano un modulo.

PADRONA DI CASA Signorina Shen Te, sono la padrona di casa, signora Mi Tzü. Spero che andremo di buon accordo. Ecco il contratto d'affitto. (*Mentre Shen Te dà una scorsa al contratto*) È sempre un bel momento, l'inaugurazione di un negozietto, non è vero, signori? (*Si guarda intorno*) C'è ancora qualche vuoto negli scaffali, ma tutto andrà benone. Potrà poi darmi qualche referenza?

SHEN TE È necessario?

PADRONA DI CASA Ma io non so niente di lei.

MARITO Possiamo garantire noi per la signorina Shen Te? La conosciamo da quando è venuta in città e siamo pronti a mettere la mano sul fuoco.

PADRONA DI CASA Scusi, lei chi è?

MARITO Sono il tabaccaio Ma Fu.

PADRONA DI CASA Dov'è il suo negozio?

MARITO Al momento non ne ho. L'ho appena venduto.

PADRONA DI CASA Già. (*A Shen Te*) Non ha altri che possano darmi informazioni sul suo conto?

MOGLIE (*suggerisce*) Cugino! Cugino!

PADRONA DI CASA Avrà pure qualcuno che garantisca per lei, se devo accoglierla in casa mia. Questa è una casa rispettabile, mia cara. Senza garanzia non posso assolutamente fare un contratto con lei.

SHEN TE (*lentamente, abbassando gli occhi*) Ho un cugino.

PADRONA DI CASA Ah, un cugino? È di qui? Andiamo subito a parlargli. Che fa questo cugino?

SHEN TE Non abita qui, abita in un'altra città.

MOGLIE Non mi hai detto a Shun?

SHEN TE Signor... Shui Ta. A Shun.

MARITO Ma io lo conosco. Uno alto, allampanato?

IL NIPOTE (*al falegname*) Anche lei, no, ha trattato con il cugino della signorina Shen Te? Per gli scaffali!

FALEGNAME (*arcigno*) Sto scrivendo la fattura proprio per lui, eccola. (*Consegnandola*) Torno domattina! (*Via*).

IL NIPOTE (*gli grida dietro guardando con la coda dell'occhio la padrona di casa*) Stia tranquillo, il signor cugino pagherà!

PADRONA DI CASA (*a Shen Te, guardandola severamente*) Allora anch'io sarò lieta di conoscerlo. Buonasera, signorina. (*Via*).

MOGLIE (*dopo una pausa*) Adesso stai fresca! Domattina saprà tutto sul tuo conto, siine certa!

COGNATA (*sottovoce al nipote*) Non durerà a lungo questa faccenda.

Entra un vecchio guidato da un ragazzo.

RAGAZZO (*voltandosi*) Eccoli qui.

MOGLIE Buongiorno, nonno! (*A Shen Te*) Che caro vecchietto! Sarà stato in pena per noi. E il ragazzo, lo vedi com'è cresciuto? Mangia come un lupo. Be', e chi avete portato d'altro?

MARITO (*guardando fuori*) Manca soltanto la nipote.

MOGLIE (*a Shen Te*) Una giovane parente di campagna. Spero non ti sembreremo troppi. Non eravamo tanti quando abitavi con noi, eh? Già, abbiamo continuato ad aumentare. Peggio andava e piú numerosi si diventava; e quanto piú si era numerosi, tanto andava peggio. Ma adesso chiudiamo a catenaccio, altrimenti non possiamo star tranquilli. (*Sbarra la porta e tutti si siedono*). La cosa piú importante è che non ti disturbiamo negli affari. Altrimenti, cosa possiamo buttar nella pentola? Dunque, abbiamo pensato di far cosí: di giorno escono i piú giovani e rimane solo il nonno e la cognata e forse io. Gli altri verranno qui a dare un'occhiata, al massimo una o due volte al giorno, non è vero? Accendete quella lampada e statevene a vostro agio!

IL NIPOTE (*facendo dello spirito*) Speriamo che stanotte non capiti qui il cugino, quel cattivone di Shui Ta!

La cognata ride.

FRATELLO (*allunga la mano verso una sigaretta*) Una sigaretta non conta.

MARITO Si capisce.

Tutti si servono. Il fratello fa il giro, versando a tutti del vino da una brocca.

IL NIPOTE Paga il cugino!

NONNO (*serio a Shen Te*) Buongiorno!

Shen Te, sconcertata da questo saluto in ritardo, s'inchina. Ha in una mano la fattura del falegname e nell'altra il contratto d'affitto.

MOGLIE Non volete cantare qualcosa per divertire un po' la nostra ospite?

IL NIPOTE Comincia il nonno! (*Cantano*).

CANZONE DEL FUMO.

NONNO

Prima che la vecchiaia rendesse bianco il capo
con astuzia speravo di riuscire a campare.
Oggi so che nessuna astuzia può bastare mai
a riempire il ventre di un uomo in povertà.
Allora lascia andare!
Guarda il fumo grigio
che passa a sempre piú fredda lontananza:
cosí passi anche tu.

MARITO

Ho visto scorticato l'uomo onesto e di scrupoli,

ho fatto un tentativo per l'obliquo sentiero,
ma gente come noi, anche quello è scosceso.
Non c'è quindi una strada che serva al mio futuro.
Allora lascia andare!
Guarda il fumo grigio
che passa a sempre piú fredda lontananza:
cosí passi anche tu.

LA NIPOTE

Quelli che sono vecchi, si dice, nulla sperano.
È il tempo che risolve ed è il tempo che manca.
A noi giovani invece la porta è spalancata
certo, cosí si dice, solo è aperta sul nulla.
Allora lascia andare!
Guarda il fumo grigio
che passa a sempre piú fredda lontananza:
cosí passi anche tu.

IL NIPOTE Dove hai preso il vino?

COGNATA Ha impegnato il sacco di tabacco.

MARITO Cosa? Quel tabacco era l'ultima scorta che ci rimaneva! Non l'abbiamo toccato nemmeno per pagarci un ricovero! Canaglia!

FRATELLO Mi dài della canaglia perché mia moglie ha freddo? E non ne hai bevuto anche tu? Qua subito la brocca!

Si azzuffano, gli scaffali cadono.

SHEN TE (*implorando*) Oh, abbiate riguardo, non spaccate tutto! Questo negozio è un regalo degli dèi! Prendetevi quello che c'è, ma non distruggetelo!

MOGLIE (*scettica*) Il negozio è piú piccolo di quello che credevo. Forse era meglio non farne parola alla zia e agli altri. Se vengono anche loro, staremo allo stretto.

COGNATA Anche la nostra ospite si è fatta un po' piú freddina!

Giungono voci dall'esterno. Si ode bussare alla porta.

VOCI Aprite! Siamo noi!

MOGLIE Sei tu, zia? E che facciamo, adesso?

SHEN TE Il mio bel negozio! Le mie speranze! Appena aperto non è già piú un negozio! (*Al pubblico*)

La piccola scialuppa
di salvataggio va presto a fondo:
troppe braccia di naufraghi
vi si aggrappano avide.

VOCI (*dall'esterno*) Aprite!

Intermezzo sotto un ponte.

Presso il fiume sta accoccolato l'acquaiolo.

WANG (*guardandosi intorno*) Tutto è tranquillo. Già da quattro giorni me ne sto nascosto. Non hanno potuto trovarmi perché tengo gli occhi aperti. Apposta ho preso la loro stessa direzione, fuggendo. Il secondo giorno hanno passato questo ponte, ho sentito i loro passi qui sopra. Ora devono già essere molto lontani, finalmente mi sento al sicuro. (*Si è coricato e si addormenta*).

Musica. La scarpata del fiume si fa trasparente e compaiono gli dèi.

WANG (*si ripara il viso col braccio, come a parare delle percosse*) Non dite niente, so tutto! Non ho trovato nessuno che vi volesse, in nessuna casa! Adesso lo sapete! Adesso andatevene!

PRIMO DIO Ma no che hai trovato! Quando tu sei scomparso, lei è venuta. Ci ha accolti per la notte, ha vegliato sul nostro sonno e al mattino ci ha fatto luce con una lampada, quando l'abbiamo lasciata. Sei tu che ce l'hai indicata come un'anima buona, e lo era realmente.

WANG Dunque è stata Shen Te ad ospitarvi?

TERZO DIO Naturalmente.

WANG E io, uomo di poca fede, sono fuggito! Solo perché ho creduto che non sarebbe venuta. Le va male, ho pensato, certamente non verrà.

GLI DÈI Debole! Debole!

Bene intenzionata creatura, ma debole!
Nel bisogno piú non crede alla bontà.
Nel pericolo piú non crede al coraggio.
Debole, che a nulla lasci un briciolo di bene!
O giudizio avventato! O inconsulto sconforto!

WANG Molto mi vergogno, o altissimi!

PRIMO DIO E adesso, acquaiolo, ci farai un favore: torna subito alla capitale e cerca della buona Shen Te, per poterci dare sue notizie. Deve star bene, ora, deve aver avuto dei soldi per comprarsi un negozietto, e potrà cosí seguire gl'impulsi del suo cuore tenero. Tu dimostra interesse alla sua bontà, perché nessuno può esser buono a lungo se la bontà non è richiesta. Noi invece dobbiamo proseguire il nostro cammino, dobbiamo cercare e trovare altre persone che siano pari alla nostra anima buona del Sezuan e far cessare cosí la diceria che i buoni non possano piú vivere su questa terra.

Scompaiono.

II.

La tabaccheria.

Gente addormentata un po' dappertutto. La lampada è ancora accesa. Bussano alla porta.

MOGLIE (*si alza, insonnolita*) Shen Te! Bussano! Ma dov'è andata, quella?

IL NIPOTE Sarà andata a prendere la colazione. Tanto, paga il cugino!

La moglie ride e va ciabattando alla porta. Entra un uomo giovane, seguito dal falegname.

GIOVANE Sono il cugino.

MOGLIE (*cadendo dalle nuvole*) Che ha detto?

GIOVANE Mi chiamo Shui Ta.

GLI OSPITI (*scuotendosi a vicenda dal sonno*) Il cugino! Ma era uno scherzo! – Figuriamoci se ha un cugino! – Ma qui c'è uno che dice di essere il cugino! – Incredibile, a quest'ora!

IL NIPOTE Signore, se lei è il cugino della nostra ospite, ci procuri al piú presto qualche cosa per la colazione.

SHUI TA (*spegnendo la lampada*) Fra poco arriveranno i primi clienti: vestitevi in fretta, per favore, che possa mettere in ordine il mio negozio.

MARITO Il suo negozio? Credo che sia il negozio della nostra amica Shen Te. (*Shui Ta scuote il capo*). Come? Non appartiene a lei?

COGNATA Ci ha buggerati, allora! Ma dove s'è cacciata?

SHUI TA Ha da fare. Vi manda a dire che, adesso che sono qui io, lei non può piú far niente per voi.

MOGLIE (*sbalordita*) E noi che l'avevamo presa per un'anima buona!

IL NIPOTE Non credetegli! Cercatela, piuttosto!

MARITO Sí, hai ragione. (*Organizzando*) Tu e tu e tu e tu la cercherete dappertutto. Noi e il nonno rimarremo qui a occupare la fortezza. Il ragazzo intanto può procurarci qualcosa da mangiare. (*Al ragazzo*) Vedi la pasticceria laggiú, all'angolo? Infilati dentro e riempiti la blusa.

COGNATA Prendi anche un paio di pasticcini leggeri!

MARITO Sta' attento a non farti pescare dal fornaio! E non cacciarti fra i piedi delle guardie!

Il ragazzo fa un cenno d'intesa e va via. Gli altri finiscono di vestirsi.

SHUI TA Non pensate che un furto nella pasticceria guasterà la reputazione di questo negozio che vi ha dato ricovero?

IL NIPOTE Non dategli retta, faremo presto a trovare Shen Te e lei saprà dirgliene quattro.

Escono il nipote, il fratello, la cognata e la nipote.

COGNATA (*uscendo*) Avanzateci qualcosa per la colazione!

SHUI TA (*calmo*) Non la troveranno. Naturalmente, mia cugina è spiacente di non poter obbedire alla legge dell'ospitalità a tempo indeterminato. Ma, che fare, siete in troppi! Questa è una tabaccheria e la signorina Shen Te ne ricava da vivere.

MARITO La nostra Shen Te non avrebbe neppure osato dirci cose simili!

SHUI TA Forse avete ragione. (*Al falegname*) Il male è che la miseria è troppo grande in questa città, perché una sola creatura possa ovviarvi. Sotto questo aspetto, nulla è mutato, disgraziatamente, nei mille e cento anni trascorsi da quando qualcuno scrisse la seguente quartina:

> Risponde il governatore a chi gli chiede
> come aiutare i poveri che muoiono di freddo:
> «Una coperta lunga diecimila piedi
> ci vuole, per ricoprire tutti i sobborghi».

(*Si accinge a riordinare il negozio*).

FALEGNAME Vedo che lei cerca di mettere ordine negli affari di sua cugina. C'è da liquidare un piccolo debito per gli scaffali, riconosciuto davanti a testimoni. Cento dollari d'argento.

SHUI TA (*trae di tasca la fattura, senza scortesia*) Non crede che cento dollari d'argento siano un po' troppi?

FALEGNAME No. E non posso farle il minimo sconto. Ho moglie e bambini da mantenere.

SHUI TA (*duro*) Quanti bambini?

FALEGNAME Quattro.

SHUI TA Allora le offro venti dollari.

FALEGNAME (*scoppia in una risata*) Lei è matto! Sono scaffali di legno di noce!

SHUI TA Allora se li porti via.

FALEGNAME Come sarebbe a dire?

SHUI TA Che lei è troppo caro per me. La invito a portarsi via gli scaffali di noce.

MOGLIE Questa è buona! (*Ride lei pure*).

FALEGNAME (*incerto*) Desidero che venga qui la signorina Shen Te. Mi pare che sia piú buona di lei.

SHUI TA Sicuro. Si è rovinata.

FALEGNAME (*prende risolutamente uno scaffale e lo trascina verso la porta*) Ecco, può ammucchiare per terra la sua roba da fumare. Per me va benone.

SHUI TA (*all'uomo*) Lo aiuti.

MARITO (*afferra allo stesso modo uno scaffale e sghignazzando lo trasporta all'uscita*) Ecco, fuori gli scaffali!

FALEGNAME Carogna, dovrei affamare la mia famiglia?

SHUI TA Le offro ancora una volta venti dollari perché la mia merce non stia ammucchiata sul pavimento.

FALEGNAME Cento! (*Shui Ta guarda con indifferenza fuori dalla finestra. Il marito si accinge a portar fuori altri scaffali*). Almeno non romperli contro lo stipite, idiota! (*Con disperazione*) Ma sono stati fatti su misura! Vanno bene in questo negozio, altrove non servirebbero. Ormai le tavole sono tagliate, signore!

SHUI TA Appunto. Proprio per questo le offro solo venti dollari: perché le tavole sono tagliate.

La donna squittisce di piacere.

FALEGNAME (*improvvisamente stanco*) Non ne posso far piú niente. Si tenga gli scaffali e mi paghi quello che vuole.

SHUI TA Venti dollari d'argento. (*Mette due grosse monete sul tavolo, il falegname le prende*).

MARITO (*riportando indietro gli scaffali*) Per un mucchio di assi tagliate è piú che abbastanza!

FALEGNAME Sí, forse mi basteranno per ubriacarmi! (*Via*).

MARITO E questo l'abbiamo fatto fuori!

MOGLIE (*si asciuga le lacrime dal troppo ridere*) «Sono di noce!» «Se le porti via!» «Cento dollari d'argento! Ho quattro bambini!» «Allora gliene pago venti!» «Ma sono tagliate!» «Appunto! Venti dollari!» Cosí si tratta con quei tipi!

SHUI TA Sí. (*Serio*) Uscite, presto.

MARITO Noi?

SHUI TA Sí, voi. Siete dei ladri e degli scrocconi. Se ve ne andate subito, senza perdere tempo a ribattere, potete ancora salvarvi.

MARITO Meglio non rispondergli nemmeno. Mai gridare a stomaco vuoto. Vorrei sapere dove si è cacciato il ragazzo.

SHUI TA Già, dove si è cacciato il ragazzo? Vi avevo già detto che non lo voglio nel mio negozio con i pasticcini rubati. (*Gridando improvvisamente*) Ancora una volta: uscite! (*Gli altri rimangono seduti. Calmissimo*) Come volete. (*Va alla porta e fa cenno a qualcuno che passa. Nel vano della porta compare un poliziotto*). Suppongo di trovarmi in presenza del funzionario che sorveglia questo quartiere?

POLIZIOTTO Certo, signor...

SHUI TA Shui Ta. (*Si sorridono reciprocamente*). Bel tempo, oggi!

POLIZIOTTO Forse solo un po' caldo.

SHUI TA Sí, un po' caldo, forse.

MARITO (*sottovoce alla moglie*) Se va avanti a chiacchierare finché torna il ragazzo, siamo in trappola. (*Cerca di far segno a Shui Ta di nascosto*).

SHUI TA (*senza badargli*) Fa differenza giudicare il tempo da un locale fresco o dalla strada polverosa.

POLIZIOTTO Molta differenza.

MOGLIE (*sottovoce*) Sta' tranquillo. Il ragazzo, finché vede il poliziotto sulla porta, non entra.

SHUI TA Ma si accomodi, prego. Qui dentro fa veramente piú fresco. Mia cugina e io abbiamo aperto questo negozio. Mi permetta di dirle che annettiamo la massima importanza all'intrattenere buoni rapporti con i tutori dell'ordine.

POLIZIOTTO Lei è davvero gentile, signor Shui Ta. Sí, qui dentro fa molto fresco.

MARITO (*sottovoce*) Lo fa entrare apposta perché il ragazzo non lo veda.

SHUI TA Ospiti. Visite. Lontani conoscenti di mia cugina, a quanto ho saputo. Sono qui di passaggio. (*Inchini reciproci*). Stavano appunto congedandosi.

MARITO (*roco*) Sí, adesso ce ne andiamo.

SHUI TA Dirò a mia cugina che la ringraziate per l'ospitalità di stanotte, ma che non avete avuto tempo di aspettare il suo ritorno.

Dalla strada vengono rumori e grida di: « Al ladro! »

POLIZIOTTO Che c'è?

Il ragazzo è comparso sulla soglia. Dalla blusa gli cadono biscotti e pasticcini. La moglie gli fa cenni disperati perché se ne vada. Il ragazzo si volta e fa per scappare.

POLIZIOTTO Fermo, tu! Dove hai preso questa roba?

RAGAZZO Laggiú.

POLIZIOTTO Ah! Furto, eh?

MOGLIE Noi non ne sapevamo niente. L'ha fatto per conto suo. (*Al ragazzo*) Disutilaccio!

POLIZIOTTO Signor Shui Ta, può fornire qualche spiegazione? (*Shui Ta tace*). Bene. Tutti con me al commissariato.

SHUI TA Sono desolato che una cosa simile abbia potuto accadere nel mio locale.

MOGLIE Eppure ha visto quando il ragazzo è uscito!

SHUI TA Le posso assicurare, signor agente, che io non l'avrei certo invitata ad entrare, se avessi voluto tener mano a un furto.

POLIZIOTTO È evidente. E lei pure, signor Shui Ta, capirà che io devo fare il mio dovere. (*Shui Ta s'inchina*). Muovetevi, voi! (*Li spinge fuori*).

NONNO (*placido, dalla soglia*) Buongiorno.

Via tutti, eccetto Shui Ta che continua a riordinare. Entra la padrona di casa.

PADRONA DI CASA Ah, è lei il cugino? Cosa significa che la polizia porta via gente da casa mia? Come si permette sua cugina di tenere qui un posto di appuntamenti? Ecco quel che si guadagna a prendere in casa gente che ancora ieri viveva in una stamberga e andava a mendicare un po' di pane di miglio dal fornaio all'angolo! Sono bene informata, come vede!

SHUI TA Lo vedo. Le hanno raccontato delle brutte storie sul conto di mia cugina. L'accusano di aver patito la fame! Tutti sanno che viveva in miseria. Ha la peggior reputazione possibile: quella di essere in miseria.

PADRONA DI CASA Era una comunissima...

SHUI TA Nullatenente, diciamo pure la brutta parola!

PADRONA DI CASA Per carità, niente sentimentalismi! Parlo della sua condotta, non delle sue entrate. Quanto alle entrate, non dubito che ci fossero; altrimenti non ci sarebbe il negozio. Certi signori anziani devono aver provveduto. O come si farebbe ad avere un negozio? Signore, questa è una casa rispettabile! La gente che mi paga l'affitto, non vuole abitare sotto lo stesso tetto con una persona simile, ha capito? (*Pausa*). Non sono inumana, ma debbo pur avere dei riguardi.

SHUI TA (*freddo*) Signora Mi Tzü, ho da fare. Mi dica chiaro e tondo quanto ci costerà abitare in questa casa rispettabile.

PADRONA DI CASA Sa che ha una bella faccia di bronzo?

SHUI TA (*prendendo dal banco il contratto d'affitto*) L'affitto è molto alto. Vedo da questo contratto che è pagabile mensilmente.

PADRONA DI CASA (*subito*) Ma non per gente come sua cugina!

SHUI TA Come sarebbe?

PADRONA DI CASA Sarebbe che gente come sua cugina deve pagare in anticipo l'affitto per un semestre: duecento dollari d'argento.

SHUI TA Duecento dollari d'argento? Ma è uno strozzinaggio! Come faccio a metterli insieme? Qui non posso contare su un grande smercio. La mia sola speranza è che le donne addette a cucire i sacchi alla cementeria, fumino molto. Mi si dice che fanno un lavoro estenuante. Però guadagnano male.

PADRONA DI CASA Doveva pensarci prima!

SHUI TA Signora Mi Tzü, abbia cuore! È vero che mia cugina ha commesso l'errore imperdonabile di offrire ricovero a degli sventurati. Ma migliorerà, avrò cura io stesso di farla migliorare. D'altra parte, dove troverebbe lei un inquilino migliore di una che conosce l'abisso perché ne è appena scampata? Si consumerà fino all'osso per pagarle puntualmente l'affitto, farà di tutto, sacrificherà tutto, venderà tutto, non si spaventerà di nulla e, allo stesso tempo, sarà umile come una mosca e quieta come un topolino. La obbedirà in tutto e per tutto, pur di non tornare indietro. Un'inquilina cosí non la si paga a peso d'oro.

PADRONA DI CASA Duecento dollari d'argento anticipati, o torna alla strada di dov'è venuta.

Entra il poliziotto.

POLIZIOTTO Non s'incomodi, signor Shui Ta!

PADRONA DI CASA Decisamente, la polizia dimostra un grande interesse per questo negozio.

POLIZIOTTO Signora Mi Tzü, spero che lei non abbia frainteso. Il signor Shui Ta ci ha reso un servizio e io sono venuto a ringraziarlo a nome della polizia.

PADRONA DI CASA Non mi riguarda. Spero, signor Shui

Ta, che la mia proposta trovi il consenso di sua cugina. Ci tengo ad essere in buoni rapporti con i miei inquilini. Buongiorno, signori miei. (*Via*).

SHUI TA Buongiorno, signora Mi Tzü.

POLIZIOTTO La signora Mi Tzü le fa delle difficoltà?

SHUI TA La signora pretende il pagamento anticipato dell'affitto, perché mia cugina non le sembra una persona rispettabile.

POLIZIOTTO E lei non ha il denaro? (*Shui Ta tace*). Ma una persona come lei, signor Shui Ta, non può non trovare credito!

SHUI TA Forse. Ma come troverà credito una persona come Shen Te?

POLIZIOTTO Lei non resterà qui?

SHUI TA No, e non potrò nemmeno tornare. Ho potuto darle una mano trovandomi qui di passaggio: sono riuscito ad evitarle solo il peggio. Ben presto non potrà fare assegnamento che su se stessa. E mi domando con angustia che ne sarà di lei.

POLIZIOTTO Signor Shui Ta, mi dispiace che si trovi in difficoltà per l'affitto. Devo ammettere che dapprincipio non avevamo molta considerazione per questo negozio. Ma il suo atteggiamento deciso di poco fa ci ha fatto capire che uomo è lei. Noi tutori dell'ordine facciamo presto a individuare chi può essere giudicato un sostegno della legge.

SHUI TA (*con amarezza*) Signore, per salvare questo negozietto, che mia cugina considera come un dono degli dèi, sono pronto ad andare fino ai limiti estremi di ciò che la legge consente. Ma durezza e furberia giovano solo contro gl'inferiori, perché avvedutamente sono segnati i limiti. Ora mi trovo nella situazione di chi si è liberato dai topi, ma poi si trova a lottare col fiume! (*Dopo una breve pausa*) Fuma un sigaro?

POLIZIOTTO (*intascando due sigari*) Noi del commissariato saremmo assai spiacenti di perderla, signor Shui Ta. Ma deve pur capire la signora Mi Tzü. Shen Te viveva, diciamo le cose col loro nome, vendendosi agli uomini. Lei potrà ribattere: cos'altro avrebbe potuto fare? Con che cosa, per esempio, avrebbe potuto pagare l'affitto? Resta comunque il fatto che non è una condotta rispettabile. Perché? Primo, perché l'amore non si vende, sennò diventa amore mercenario. Secondo, l'amore non è rispettabile se è fatto con uno che paga, mentre lo è con uno che si ama. Terzo, il proverbio dice: «Non per un pugno di riso, ma per amore». Bene, lei mi dirà, a che serve tutta questa morale, quando la frittata è fatta? Cosa può fare Shen Te? Come procurarsi il semestre d'affitto anticipato? Signor Shui Ta, devo dirle che non lo so. (*Si concentra*) Signor Shui Ta, è chiaro! Basta che lei le trovi un marito!

Entra una vecchietta.

VECCHIETTA Un sigaro buono e non caro per mio marito. Domani, sa, fanno quarant'anni che ci siamo sposati, e vogliamo festeggiare la ricorrenza.

SHUI TA (*cortese*) Quarant'anni e ancora li festeggiate!

VECCHIETTA Nei limiti dei nostri mezzi! Abbiamo il negozio di tappeti qui dirimpetto. Spero saremo dei buoni vicini, si dovrebbe esserlo, almeno; i tempi sono cattivi.

SHUI TA (*presentandole varie scatole*) Temo che lei si serva di un modo di dire molto antico!

POLIZIOTTO Signor Shui Ta, abbiamo bisogno di capitale. Eccole la mia proposta: un matrimonio.

SHUI TA (*scusandosi, alla vecchietta*) Mi sono lasciato indurre ad importunare il signor agente con le mie preoccupazioni d'ordine privato.

POLIZIOTTO Non abbiamo il semestre d'affitto anticipato? Bene, allora sposiamo un po' di denaro.

SHUI TA Non sarà tanto facile.

POLIZIOTTO Perché no? È un buon partito. Ha un negozietto ben avviato. (*Alla vecchietta*) Lei cosa ne pensa?

VECCHIETTA (*confusa*) Mah...

POLIZIOTTO Un annuncio sul giornale...

VECCHIETTA (*reticente*) Se la signorina è d'accordo...

POLIZIOTTO E che cosa potrebbe avere in contrario? Glielo scrivo io, l'annuncio. Un servizio per un altro. Non creda che le autorità non abbiano cuore per il piccolo commerciante che ha da lottare duro. Lei ci dà una mano e noi in compenso le stendiamo un annuncio matrimoniale. Ah ah ah! (*Estrae zelantemente il taccuino, inumidisce la punta della matita e scrive*).

SHUI TA (*lentamente*) Non è una cattiva idea.

POLIZIOTTO Cercasi... distinto... con piccolo capitale... eventualmente vedovo... disposto... sposare proprietaria... fiorente... negozio tabacchi... Ecco. Poi, diciamo: carina... simpatica presenza... Va?

SHUI TA Se crede che non sia esagerato...

VECCHIETTA (*cortesemente*) Per niente. Io l'ho vista.

Il poliziotto stacca il foglio dal taccuino e lo porge a Shui Ta.

SHUI TA Vedo con spavento quanta fortuna è necessaria per non finire sotto le ruote. Quante idee! Quanti amici! (*Al poliziotto*) Malgrado tutta la mia decisione, per esempio, io ero sull'orlo della disperazione riguardo all'affitto del negozio. E ora lei arriva e mi aiuta con un buon consiglio. Sí, realmente, vedo una via d'uscita.

III.

Sera al parco.

Un giovane con i vestiti a brandelli segue con lo sguardo un aeroplano che sta evidentemente descrivendo un grande arco nel cielo, sopra il parco. Il giovane estrae dalla tasca una corda e si guarda intorno, cercando. Mentre si avvia verso un grande salice, si avvicinano due prostitute. Una è già vecchia, l'altra è la nipote della famiglia di otto persone.

PROSTITUTA GIOVANE Buonasera, giovinotto. Vieni con me, cocco?

SUN Magari, signore mie! Se mi comprate qualcosa da mangiare.

PROSTITUTA VECCHIA L'hai azzeccata bene! (*Alla giovane*) Andiamo via, non perdiamo tempo con lui. Non vedi che è l'aviatore disoccupato?

PROSTITUTA GIOVANE Ma non ci sarà piú nessuno nel parco. Sta per piovere.

PROSTITUTA VECCHIA Forse troveremo ancora.

Vanno via. Sun, guardandosi intorno, tira fuori la corda e la getta su di un ramo di salice, ma è ancora disturbato. Le due prostitute tornano in fretta: non lo vedono.

PROSTITUTA GIOVANE Verrà un acquazzone.

Shen Te passa per il viale.

PROSTITUTA VECCHIA Eccola qui, quella carogna! Ha rovinato te e tutti i tuoi.

PROSTITUTA GIOVANE Lei no. È stato suo cugino. Lei ci aveva ospitati e piú tardi si è offerta di pagare i nostri pasticcini. Non posso rimproverarle niente.

PROSTITUTA VECCHIA Io sí, invece! (*Forte*) Ecco la nostra distinta sorella dai sacchi d'oro! La signorina ha un negozio, ma vuole ancora soffiarci i clienti.

SHEN TE Sta' buona, sta' buona. Vado al caffè in riva allo stagno.

PROSTITUTA GIOVANE È vero che sposi un vedovo con tre bambini?

SHEN TE Sí, vado a incontrarlo.

SUN (*impaziente*) Girate un po' alla larga, vacche! Non si potrà avere un po' di pace neppure qui?

PROSTITUTA VECCHIA Zitto, tu!

Le due prostitute se ne vanno.

SUN (*gli grida dietro*) Iene! (*Al pubblico*) Anche nei posti piú solitari non si stancano di andare a caccia di vittime; anche nei cespugli, anche sotto la pioggia, cercano disperatamente i compratori.

SHEN TE (*accigliata*) Perché le insulta cosí? (*Vede il laccio*) Oh...

SUN Che c'è da fare quegli occhi?

SHEN TE A che le serve la corda?

SUN Vattene, sorella, vattene! Non ho denaro, niente, nemmeno un centesimo. E se anche l'avessi, non è te che vorrei. Comprerei un bicchier d'acqua.

Comincia a piovere.

SHEN TE A che serve la corda? Questo non lo deve fare!

SUN Che te ne importa? Va' a seccare da un'altra parte!

SHEN TE Piove.

SUN Non scegliere quest'albero per ripararti.

SHEN TE (*rimane immobile sotto la pioggia*) No.

SUN Senti, sorella, piantala, non serve a nulla. Non puoi fare affari con me. E poi non mi piaci. Hai le gambe storte.

SHEN TE Non è vero.

SUN E non farle vedere! Al diavolo! Vieni sotto l'albero, se piove!

Adagio, Shen Te va a ripararsi sotto l'albero.

SHEN TE Perché voleva far questo?

SUN Vuoi proprio saperlo? Bene, te lo dirò, cosí almeno mi lasci in pace. (*Pausa*). Sai che cos'è un aviatore?

SHEN TE Sí, ho visto degli aviatori, a un caffè.

SUN No, non ne hai visti. Forse un paio d'imbecilli senza testa e col casco di cuoio, tipi senza orecchi per un motore, senza sensibilità per una macchina. Riescono a salire su di un aereo solo corrompendo i gerenti di un hangar. Prova a dire a uno di quelli: « Lascia cadere il tuo apparecchio da duemila piedi d'altezza attraverso le nuvole e poi riacchiappalo con un colpo di leva »; ti risponderà: « Ma questo nel contratto non c'è ». Chi non sa volare in modo che il suo apparecchio si posi a terra come se fosse il suo deretano, non è un aviatore, ma un imbecille. Io invece, sono un aviatore. Però sono anche un enorme imbecille, perché alla scuola di Pechino ho letto tutti i libri sull'aviazione e proprio non ho letto la sola pagina dove si diceva che di aviatori non ce n'è piú bisogno. E cosí sono un aviatore senza aeroplano e un pilota postale senza posta. Ma che cosa significhi questo, tu non lo puoi capire.

SHEN TE Invece credo di capirlo.

SUN No, se ti dico che non lo puoi capire, non lo capisci.

SHEN TE (*mezzo ridendo, mezzo piangendo*) Da bambini, avevamo una gru con un'ala zoppa; era gentile con noi, non si offendeva per i nostri scherzi e ci sculettava dietro, schiamazzando se correvamo troppo in fretta. Ma in autunno e in primavera, quando i grandi stormi di gru passavano sul villaggio, diventava inquieta e io capivo perché.

SUN Non frignare.

SHEN TE No.

SUN Ti guasta il trucco.

SHEN TE Ecco, la smetto. (*Si asciuga gli occhi con la manica*).

SUN (*appoggiato all'albero, si protende, senza voltarsi, verso il suo viso*) Non sei nemmeno capace di asciugarti. (*La asciuga con un pezzo di sacco. Pausa*). Se proprio ti sei messa in testa di stare qui perché io non m'impicchi, potresti almeno aprire la bocca.

SHEN TE Non so dir niente.

SUN Insomma, perché mi vuoi privare delle gioie di quell'albero, sorella?

SHEN TE Ho paura. Sono sicura che voleva farlo soltanto perché la sera è cosí triste. (*Al pubblico*)

Nel nostro paese
non dovrebbero esserci sere tristi
e nemmeno alti ponti sul fiume.
Anche l'ora tra la notte e il mattino
e gl'inverni tanto lunghi, sono pericolosi.
Giacché nella miseria
basta un'inezia
perché l'uomo si liberi
dall'intollerabile vita.

SUN Parlami di te.

SHEN TE Di che cosa? Ho un negozietto.

SUN (*ironico*) Oh, non sei una battona, tu, hai un negozio!

SHEN TE (*seria*) Adesso ho un negozio, ma prima battevo il marciapiede.

SUN E il negozio, te l'hanno regalato gli dèi?

SHEN TE Sí.

SUN Una bella sera te li sei trovati davanti e ti hanno detto: prendi un po' di soldi.

SHEN TE (*ridendo piano*) Una mattina.

SUN Non sei quel che si dice discorsiva.

SHEN TE (*dopo una pausa*) So suonare un poco la cetra e riesco bene a imitare la voce delle persone. (*Con voce profonda, imita un uomo importante*) «Guarda un po', devo aver lasciato a casa il borsellino!» Ma poi ho avuto il negozio e la prima cosa che ho fatto è stata di regalare la mia cetra. Ora, mi sono detta, posso stare muta come un pesce e non farà nessuna differenza.

Sono ricca, ho detto.
Esco sola, dormo sola.
Per un anno intero, ho detto,
non avrò piú a che fare con gli uomini.

SUN Ma adesso ne sposi uno? Quello della casa da tè in

riva al laghetto? (*Shen Te tace*). Che cosa sai, in realtà, dell'amore?

SHEN TE Tutto.

SUN Niente, sorella. Ti piaceva, per caso?

SHEN TE No.

SUN (*le passa la mano sul viso carezzandola, senza voltarsi a guardarla*) E questo ti piace?

SHEN TE Sí.

SUN Ti contenti di poco. Che città!

SHEN TE Lei non ha amici?

SUN Ne ho un mucchio, ma nessuno che voglia sentire che sono ancora senza impiego. Fanno subito una faccia come se sentissero uno lamentarsi perché c'è ancora acqua nel mare. E tu ne hai, di amici?

SHEN TE (*esitando*) Un cugino.

SUN Allora, guardati dal cugino.

SHEN TE È stato qui solo una volta. Ora è andato via e non tornerà piú. Ma perché non c'è un filo di speranza nelle sue parole? Si dice che chi parla senza speranza parla senza bontà.

SUN Continua a discorrere! Una voce è sempre una voce.

SHEN TE (*premurosa*) Malgrado tanta miseria, ci sono pur sempre delle persone gentili. Una volta, quando ero piccola, sono caduta mentre portavo un sacco di riso. Un vecchio mi ha rialzata e mi ha anche dato un soldo. Me ne sono ricordata spesso. Specialmente quelli che hanno poco da mangiare, dividono volentieri con gli altri. Probabilmente, a tutti piace far vedere che cosa sanno fare; e come possono mostrarlo meglio che essendo gentili? La cattiveria è soltanto una specie di goffaggine. Quando si canta per qualcuno, o si costruisce una macchina o si pianta il riso, è già come una specie di gentilezza. Anche lei è gentile.

SUN A quanto pare, non è difficile sembrarti gentile.

SHEN TE No. E adesso ho sentito una goccia di pioggia.

SUN Dove?

SHEN TE In mezzo agli occhi.

SUN Piú sulla destra o piú sulla sinistra?

SHEN TE Piú sulla sinistra.

SUN Bene. (*Dopo un poco, sonnacchioso*) E con gli uomini, l'hai finita?

SHEN TE (*sorridendo*) Ma non ho le gambe storte.

SUN No, forse.

SHEN TE No di certo.

SUN (*stanco, appoggiandosi all'albero*) Ma siccome da due giorni non ho mangiato niente e da uno non ho bevuto, anche se lo volessi, sorella, non potrei amarti.

SHEN TE Si sta bene alla pioggia.

WANG (*sopraggiunge e canta*)

CANZONE DELL'ACQUAIOLO
SOTTO LA PIOGGIA.

Gente, ho acqua, acqua da vendere.
Alla pioggia sto in attesa
e son corso, corso a prendere
l'acqua fresca che non vendo.
Gente, io grido, acqua! Compratela!
Ma non giunge qui nessuno
assetato, moribondo
per sorbir l'acqua e pagarla.
(E comprate l'acqua, o porci!)
Non si può fermar quell'acqua?
Ho sognato l'altra notte
che pioveva dopo sette
anni, e io davo l'acqua a gocce:
come i barbagianni gridano:
« A me l'acqua! » Io guardo, a caso,
quando uno afferra il secchio,
se il suo muso m'è simpatico.
(E boccheggiano, quei porci!)
(*Ridendo*)
Avvizzite pianticelle,
su, tettate delle nubi
con delizia le mammelle
né chiedete quanto costa.
Gente, io grido, acqua! Compratela!
Ma non giunge qui nessuno

assetato, moribondo
per sorbir l'acqua e pagarla.
(E comprate l'acqua, o porci!)

La pioggia è cessata. Shen Te vede Wang e corre verso di lui.

SHEN TE Oh, Wang, sei tornato? Ho ritirato il tuo carrettino in casa mia.

WANG Grazie della cura che ti sei presa. Come va, Shen Te?

SHEN TE Bene. Ho fatto conoscenza con un uomo molto intelligente e valoroso. E vorrei comprare un bicchiere della tua acqua.

WANG Butta la testa indietro, apri la bocca e avrai acqua fin che ne vorrai. Quel salice gocciola ancora.

SHEN TE Ma io voglio la tua acqua, Wang.

Portata da lontano,
che è costata fatica
e oggi è difficile da vendere perché piove.
E la voglio per quel signore che sta laggiú.
È un aviatore. Un aviatore
è piú valoroso degli altri uomini. In compagnia delle nuvole
affronta le grandi tempeste
volando attraverso il cielo, e porta
agli amici lontani
la posta amica.

(*Paga e corre col bicchiere da Sun. Giuntagli vicino, grida ridendo a Wang*) Si è addormentato. La disperazione, la pioggia e io l'abbiamo stancato.

Intermezzo: giaciglio notturno di Wang nella conduttura di fogna.

L'acquaiolo dorme. Musica. La conduttura diventa trasparente e al dormiente appaiono in sogno gli dèi.

WANG (*raggiante*) L'ho veduta, o altissimi! È sempre la stessa!

PRIMO DIO Questa è una buona notizia.

WANG È innamorata! Mi ha fatto vedere il suo amico. Tutto le va a gonfie vele.

PRIMO DIO Ci fa piacere saperlo. Speriamo che questo l'aiuti nella sua aspirazione al bene.

WANG Senza dubbio! Fa tutte le opere buone che può.

PRIMO DIO Quali opere buone? Parlacene, caro Wang.

WANG Ha una parola gentile per tutti.

PRIMO DIO (*interessato*) Sí, e poi?

WANG È raro che qualcuno esca dal suo negozietto senza tabacco, solo perché non ha denaro.

PRIMO DIO Anche questo non è male. E ancora? C'è altro?

WANG Ha ospitato una famiglia di otto persone.

PRIMO DIO (*trionfante, al secondo*) Otto! (*A Wang*) E magari c'è ancora dell'altro?

WANG Un giorno, benché piovesse, ha comprato un bicchiere della mia acqua.

PRIMO DIO Già, queste sono buone azioni secondarie, si capisce.

WANG Ma voglion dire soldi, e un negozietto non può renderle tanto.

PRIMO DIO Certo, certo! Ma un giardiniere avveduto sa fare miracoli anche con un minuscolo pezzetto di terra.

WANG E lei ne fa veramente! Ogni mattina distribuisce il riso, e con questo se ne va piú di metà del suo guadagno, credetemi!

PRIMO DIO (*un po' deluso*) Sí, sí, non dico niente. Come inizio non sono scontento.

WANG Pensate: i tempi non sono i piú favorevoli. Una volta ha dovuto chiedere aiuto a un cugino, perché il negozio correva gravi rischi.

Appena vi fu un angolo al riparo dal vento
ecco tutto il cielo invernale
oscurato da uccellacci rissosi che svolazzano
attorno, mentre la volpe famelica
azzanna il fragile muro, e il lupo zoppo
rovescia anche la piccola scodella.

Insomma, non poteva piú tener dietro a tante faccende da sola. Ma tutti sono d'accordo nel dire che è una brava ragazza. Già la chiamano l'angelo dei sobborghi, cosí grande è il bene che esce dal suo negozio. Checché ne dica il falegname Lin To!

PRIMO DIO Come? Come? Vuoi dire che il falegname Lin To parla male di lei?

WANG Che! Dice soltanto che gli scaffali non sono stati pagati interamente.

SECONDO DIO Cosa dici? Un falegname non è stato pagato? Nel negozio di Shen Te? Come ha potuto lasciare che succedesse una cosa simile?

WANG Non aveva soldi, immagino.

SECONDO DIO Fa lo stesso. Quando si hanno debiti, si pagano. Si deve evitare anche la semplice apparenza dell'ingiustizia. Bisogna adempiere prima la lettera del comandamento, poi lo spirito.

WANG Ma è stato il cugino, o altissimi, non lei.

SECONDO DIO Allora questo cugino non varcherà piú la sua soglia.

WANG (*abbattuto*) Ho capito, altissimo! Ma in difesa di Shen Te mi permetterete forse di farvi presente che il cugino è considerato un commerciante perfettamente stimabile. Perfino la polizia lo vede di buon occhio.

PRIMO DIO Bene, non vogliamo condannare questo cugino senza averlo ascoltato. Ammetto di non capire niente in materia di affari: dovremmo forse informarci delle usanze correnti. Ma poi, questi affari! Hanno forse fatto affari i Sette Re savi? Vendeva pesci il giusto Kung? Che hanno a vedere gli affari con una vita retta e meritevole?

SECONDO DIO (*molto gelido*) In ogni caso, non dovrà piú accadere una cosa simile. (*Si volta per andarsene. Anche gli altri due dèi si voltano*).

TERZO DIO (*è l'ultimo, imbarazzato*) Scusa il tono piuttosto duro di oggi. Siamo stanchissimi e non abbiamo dormito bene. Ah, il ricovero per la notte! I ricchi ci appoggiano presso i poveri con le migliori raccomandazioni: ma i poveri non hanno camere abbastanza.

GLI DÈI (*se ne vanno borbottando*) Fiacca, la meglio del mazzo! – Niente che faccia colpo! – Poco, poco! Tutto fatto col cuore, d'accordo, ma roba di poco rilievo! Dovrebbe almeno... (*Non si odono piú*).

WANG (*gli grida dietro*) Oh, altissimi, non siate cosí esigenti! Non pretendete troppo, per cominciare!

IV.

Piazza davanti alla tabaccheria di Shen Te.

Una sala di barbiere, un negozio di tappeti e la tabaccheria di Shen Te. È il mattino. Davanti al negozio di Shen Te aspettano due superstiti della famiglia di otto persone: il nonno e la cognata. Ci sono anche il disoccupato e la vedova Shin.

COGNATA Non era in casa la notte scorsa?

SHIN Una condotta inqualificabile! Finalmente quell'energumeno del cugino se ne va e madama si degna, almeno di quando in quando, a cedere un poco di riso che ha in sovrabbondanza, e già rimane fuori tutta la notte e se ne va a zonzo, gli dèi sanno dove!

Si ode vociare dalla bottega del barbiere. Esce Wang incespicando, seguito dal grasso barbiere, il signor Shu Fu, che tiene in mano un grosso ferro da ricci.

SHU FU T'insegnerò io a seccare i miei clienti con la tua acqua puzzolente! Piglia il tuo bicchiere e fila via!

Mentre Wang afferra il misurino che il signor Shu Fu gli tende, costui lo batte sulle mani con il ferro da ricci rovente. Wang grida forte.

SHU FU Ben ti sta! Ti serva di lezione! (*Rientra sbuffando nella bottega*).

DISOCCUPATO (*raccoglie il misurino e lo porge a Wang*) Puoi denunciarlo perché ti ha colpito.

WANG Mi ha rovinata la mano.

DISOCCUPATO C'è qualcosa di rotto?

WANG Non riesco piú a muoverla.

DISOCCUPATO Mettiti a sedere e versaci sopra un po' d'acqua.

Wang si siede.

VEDOVA SHIN Meno male che l'acqua ti costa poco.

COGNATA Nemmeno un pezzetto di fascia si può avere, alle otto del mattino. Se ne va in cerca di avventure, quella là! Che scandalo!

VEDOVA SHIN (*cupa*) Ci ha dimenticati.

Dal vicolo viene Shen Te portando un vaso pieno di riso.

SHEN TE (*al pubblico*) Non avevo mai visto la città di buon mattino. A quest'ora ero sempre coricata, con la coperta sporca tirata sopra la testa e la paura del risveglio. Oggi sono stata tra gli strilloni di giornali, tra gli uomini che spruzzano d'acqua l'asfalto e i carri tirati dai buoi che vengono dalla campagna con la verdura fresca. Ho camminato a lungo dal quartiere di Sun fino a qui, ma ogni passo mi ha resa piú allegra. Ho sempre sentito dire che quando si ama si cammina nelle nuvole, ma il bello è che si cammina sulla terra, sull'asfalto. Vi dico che le masse di case all'alba sono come mucchi di rottami in cui si accendono delle luci, quando il cielo è già rosa e ancora trasparente, perché non c'è polvere. Vi dico che ci perdete molto se non amate, se non vedete la vostra città nell'ora in cui si alza dal giaciglio come un vecchio, sobrio artigiano che si riempie i polmoni d'aria fresca e impugna i suoi arnesi di lavoro, come dicono i poeti. (*Al gruppo di gente che l'aspetta*) Buongiorno! Ecco il riso. (*Lo distribuisce, poi vede Wang*) Ciao, Wang. Oggi mi sento molto frivola. Per la strada mi sono guardata in tutte le vetrine e adesso ho voglia di comprarmi uno scialle. (*Dopo una breve esitazione*) Vorrei tanto essere bella. (*Entra rapidamente nel negozio di tappeti*).

SHU FU (*che è di nuovo apparso sulla soglia, al pubblico*) Sono tutto stupito di vedere come è bella oggi la signorina Shen Te, la padrona della tabaccheria dirimpetto. Fino ad oggi non mi era parsa niente di speciale. L'ho vista da tre minuti e già credo di esserne innamorato. Una persona incredibilmente simpatica. (*A Wang*) Fila via, mascalzone! (*Rientra nella bottega*).

Shen Te e una coppia molto anziana, il negoziante di tappeti e sua moglie, escono dal negozio. Shen Te porta uno scialle, il negoziante uno specchio.

VECCHIETTA È molto grazioso e anche non caro, perché ha un buchetto in fondo.

SHEN TE (*guardando lo scialle sul braccio della vecchietta*) Anche quello verde è bello.

VECCHIETTA (*sorridendo*) Ma purtroppo non c'è neppure il piú piccolo guasto.

SHEN TE Sí, è un guaio. Non posso slanciarmi troppo, col mio negozietto. Ho ancora poche entrate, ma ho molte spese.

VECCHIETTA Perché fa del bene. Non ne faccia troppo. Per cominciare, ogni scodella di riso ha la sua importanza, no?

SHEN TE (*provandosi lo scialle bucato*) Sí, certamente è cosí, ma per intanto mi sento molto frivola. Mi sta bene, questo colore?

VECCHIETTA Questo non può chiederlo che a un uomo.

SHEN TE (*voltandosi al vecchietto*) Mi sta bene?

VECCHIETTO Lo chieda piuttosto...

SHEN TE (*molto cortese*) No, lo chiedo a lei.

VECCHIETTO (*altrettanto cortese*) Lo scialle le sta bene, ma è meglio che porti all'esterno la parte opaca.

Shen Te paga.

VECCHIETTA Se non piacerà, lo potrà cambiare senz'altro. (*La prende in disparte*) E lui, ha un po' di capitale?

SHEN TE (*ridendo*) Oh, no.

VECCHIETTA E allora, come potrà pagare il semestre anticipato?

SHEN TE Il semestre anticipato? Non ci pensavo proprio piú!

VECCHIETTA L'avevo indovinato! E lunedí prossimo è il primo del mese. Vorrei dirle una parola. Sa, mio marito ed io, dopo averla conosciuta, eravamo un po' perplessi riguardo all'annuncio matrimoniale. Abbiamo deciso di darle aiuto in caso di necessità. Abbiamo qualche soldo da parte e potremmo prestarle i duecento dollari d'argento. Se crede, potrebbe ipotecare per noi le sue provviste di tabacco, ma naturalmente non c'è bisogno di niente di scritto.

SHEN TE Volete davvero prestare del denaro a un cervellino leggero come me?

VECCHIETTA Sinceramente parlando, al suo signor cugino, che certamente non è un cervellino leggero, forse non lo presteremmo; ma a lei lo prestiamo in tutta tranquillità.

VECCHIETTO (*avvicinandosi*) D'accordo?

SHEN TE Vorrei che quello che mi ha detto sua moglie, lo avessero sentito gli dèi, signor Ma. Cercano delle anime buone che siano anche felici. E voi dovete essere felici di aiutarmi, perché solo per amore mi trovo nell'imbarazzo.

I due vecchietti si sorridono l'un l'altro.

VECCHIETTO Ecco il denaro. (*Le porge una busta; Shen Te la prende con un inchino*).

Anche i vecchietti fanno un inchino e rientrano nel negozio.

SHEN TE (*a Wang, tenendo in alto la busta*) L'affitto per un semestre! Non è un miracolo? E che ne dici del mio scialle nuovo, Wang?

WANG L'hai comprato per quel tale che ho visto nel parco?

Shen Te annuisce.

SHIN Forse farebbe meglio a guardargli la mano rovinata, invece di raccontargli le sue avventure poco pulite.

SHEN TE (*spaventata*) Cos'hai fatto alla mano?

SHIN Il barbiere l'ha battuto col ferro da ricci, qui davanti a noi.

SHEN TE (*inorridita della propria disattenzione*) E io che non avevo visto niente! Va' subito dal dottore, altrimenti la mano ti rimane anchilosata e non puoi piú lavorare. Oh, che guaio! Presto! Alzati! Vai subito!

DISOCCUPATO Dal giudice deve andare, non dal dottore! Il barbiere è ricco, e potrà chiedergli i danni.

WANG Pensi che ho qualche probabilità?

SHIN Se è proprio rotta. Ma lo è davvero?

WANG Credo di sí. È già tutta gonfia. Potrei ricavarne un vitalizio?

SHIN Devi avere un testimonio, però.

WANG Ma avete visto tutti! Potete tutti testimoniare. (*Si guarda intorno*).

Il disoccupato, la cognata e il nonno siedono contro il muro e mangiano. Nessuno alza gli occhi.

SHEN TE (*alla Shin*) Anche lei ha visto!

SHIN Non voglio aver a che fare con la polizia, io.

SHEN TE (*alla cognata*) Allora lei!

COGNATA Io? Io non guardavo.

SHIN Certo che guardava! Ho visto io che guardava. Solo ha paura, perché il barbiere è potente.

SHEN TE (*al nonno*) Sono sicura che lei testimonierà sull'accaduto.

COGNATA La sua testimonianza non vale. È scemo.

SHEN TE (*al disoccupato*) Forse può fruttargli un vitalizio!

DISOCCUPATO Mi hanno già ammonito due volte per accattonaggio. La mia testimonianza gli farebbe piú male che bene.

SHEN TE Cosí, nessuno di voi vuol dire la verità? Gli hanno fracassato la mano in pieno giorno, tutti avete visto e nessuno vuol parlare? (*Adirata*)

O sventurati!
Usano violenza a un vostro fratello e voi chiudete gli occhi?
Il colpito alza alte grida e voi tacete?
L'autore della violenza sceglie la sua vittima
e voi dite: ci risparmierà perché non esprimiamo il nostro biasimo.
Che città è questa, e che esseri siete voi!
Tutta la città dovrebbe insorgere contro ogni ingiustizia,
e se non insorge, meglio che perisca
nel fuoco, avanti notte!

Wang, se nessuno di quelli che hanno visto testimonierà per te, ti farò io da testimonio e dirò che ho visto tutto.

SHIN Sarebbe un falso.

WANG Non so se posso accettare. Ma forse bisogna che accetti. (*Si guarda la mano, preoccupato*) Credete che sia gonfia abbastanza? Mi pare quasi che si sia già sgonfiata.

DISOCCUPATO (*lo rassicura*) No, certamente non si è sgonfiata.

WANG Davvero? Sí, pare anche a me, anzi si gonfia ancora un po' di piú. Forse è rotta l'articolazione! È meglio che corra dal giudice. (*Tenendosi la mano accuratamente stretta e senza staccarne lo sguardo, corre via*).

La Shin corre nella bottega del barbiere.

DISOCCUPATO Corre dal barbiere per ingraziarselo.

COGNATA Non possiamo cambiare il mondo.

SHEN TE (*scoraggiata*) Non volevo insultarvi. Sono solo spaventata. Ma sí che volevo insultarvi! Via, non voglio piú vedervi! (*Il disoccupato, la cognata e il nonno, mangiando immusoniti, se ne vanno. Shen Te al pubblico*)

Non rispondono piú. Dove li metti,
loro rimangono. E se li cacci via
sgombrano subito il campo!
Nulla piú li commuove. Solo
l'odore del cibo gli fa alzare gli occhi.

Una vecchia entra di corsa. È la madre di Sun, signora Yang.

SIGNORA YANG È lei la signorina Shen Te? Mio figlio mi ha detto tutto. Sono la madre di Sun, la signora Yang. Pensi che Sun ha la probabilità di trovare un posto! Questa mattina, anzi poco fa, è arrivata una lettera da Pechino. Dal gerente di un hangar, per via aerea.

SHEN TE Potrà volare ancora? Oh, signora Yang!

SIGNORA YANG Ma il posto costa terribilmente caro: cinquecento dollari d'argento.

SHEN TE È molto, ma non si deve lasciar fallire una cosa simile per il denaro. Non ho un negozio, io?

SIGNORA YANG Se potesse fare qualcosa!

SHEN TE (*l'abbraccia*) Se potessi aiutarlo!

SIGNORA YANG Farebbe la fortuna di un uomo di merito.

SHEN TE Come possono impedire a un uomo di rendersi utile! (*Dopo una pausa*) Solo che per il negozio mi darebbero troppo poco, e i duecento dollari in contanti che ho qui sono un prestito. Questi, in ogni modo, li prenda subito. Venderò le mie provviste di tabacco e li pagherò col ricavato. (*Le dà il denaro dei due vecchi*).

SIGNORA YANG Ah, signorina Shen Te, questo si chiama soccorrere in buon punto! Pensare che qui in città lo chiamavano già «l'aviatore morto», perché erano tutti sicuri che solo da morto avrebbe ancora potuto volare!

SHEN TE Ma ci vogliono altri trecento dollari d'argento per ottenere il posto. Dobbiamo pensarci, signora Yang. (*Lentamente*) Conosco qualcuno che forse potrebbe aiutarmi. Uno, che già una volta mi ha portato consiglio. In verità, avrei preferito non ricorrere piú a lui, perché è troppo duro e troppo furbo. Dovrebbe essere proprio per l'ultima volta. Ma un aviatore deve volare, si sa.

Rombo di motore in cielo.

SIGNORA YANG Se questo signore potesse procurarci il denaro! Guardi, l'aereo postale che va ogni mattina a Pechino!

SHEN TE (*decisa*) Saluti, signora Yang! Certamente l'aviatore può scorgerci! (*Saluta sventolando il suo scialle*) Sventoli anche lei!

SIGNORA YANG Lei conosce quello che sta volando?

SHEN TE No, conosco uno che volerà. Sí, signora Yang: chi è senza speranza, deve volare. Uno almeno deve stare al disopra della miseria, uno deve potersi sollevare al disopra di tutti noi! (*Al pubblico*)

> Yang Sun, mio amore, in compagnia delle nuvole!
> Affrontando le grandi tempeste,
> vola nel cielo e porta
> agli amici in terre lontane
> la posta amica.

Intermezzo: davanti al sipario.

SHEN TE (*entra, recando in mano la maschera e il vestito di Shui Ta, e canta*)

CANZONE DEGLI DÈI INERMI
E DELL'INERME BONTÀ.

In questo paese
per l'uomo utile ci vuol fortuna.
Solo con validi aiuti
potrà rendersi utile.
I buoni
non possono aiutare se stessi, e gli dèi sono impotenti.
Perché gli dèi non hanno mine e cannoni,
corazzate, bombardieri e carri armati
per atterrare i malvagi e salvare i buoni?
Sarebbe assai meglio, per loro e per noi.

(*Indossa il vestito di Shui Ta e fa alcuni passi con l'andatura di lui*)

I buoni
non possono a lungo esser buoni in questo paese.
Dove i piatti sono vuoti i convitati si azzuffano.
No, i comandamenti celesti
non servono nella carestia.
Perché gli dèi non compaiono sui mercati
a distribuire sorridenti tutta quell'abbondanza?
A far sí che tutti, ben nutriti di pane e di vino,
vivano buoni e amici l'un con l'altro?

(*Mette la maschera di Shui Ta e continua a cantare con la voce di lui*)

Per assicurarti un pranzo
devi avere la durezza d'un fondatore d'imperi.
Dodici poveri calpesti per poterne aiutare
uno solo.

Perché gli dèi non alzano la voce nelle sfere celesti
a dire che i buoni hanno diritto a un mondo buono?
Perché non assistono i buoni con bombe e cannoni
ordinando «fuoco» per non sopportare il male?

V.

La tabaccheria.

Dietro il banco siede Shui Ta e legge il giornale. Non presta la minima attenzione alla Shin che chiacchiera mentre fa pulizia.

SHIN Un negozietto come questo, creda, fa presto ad essere rovinato, quando per il quartiere girano certe voci. Sarebbe ora che lei, che è una persona per bene, mettesse in chiaro quella losca faccenda fra la signorina Shen Te e quel Yang Sun della Strada Gialla. Non dimentichi che il signor Shu Fu, il barbiere qui accanto, un uomo che possiede piú di dodici case e ha una moglie sola, e vecchia per di piú, proprio ieri, in mia presenza, ha espresso il suo lusinghiero interesse nei confronti della signorina. E si era già anche informato delle sue condizioni finanziarie. Questa, direi, è la prova di una vera e propria simpatia. (*Non ricevendo risposta, esce col secchio*).

VOCE DI SUN (*da fuori*) È questo il negozio della signorina Shen Te?

VOCE DELLA SHIN Sí, è questo, ma oggi c'è il cugino.

Shui Ta corre con i passi leggeri di Shen Te allo specchio, e vorrebbe cominciare a ravviarsi i capelli, ma nello specchio si accorge del suo errore e si volta, ridendo lievemente. Entra Yang Sun; dietro di lui, curiosa, la Shin, che gli passa davanti per andare nel retrobottega.

SUN Sono Yang Sun. (*Shui Ta s'inchina*). C'è Shen Te?

SHUI TA No, non c'è.

SUN Ma lei sarà al corrente di ciò che vi è fra di noi. (*Incomincia a guardarsi attorno, esaminando il negozio*) Un negozio in piena regola! Credevo sempre che esagerasse un po'. (*Guarda compiaciuto nelle scatole e nei vasetti di porcellana*) Amico, potrò ancora volare! (*Prende un sigaro e Shui Ta gli porge il fuoco*). Crede che caveremo trecento dollari d'argento da questo negozio?

SHUI TA Posso chiederle se ha l'intenzione di venderlo sui due piedi?

SUN Disponiamo dei trecento dollari in contanti? (*Shui Ta scuote il capo*). È stato bello da parte di Shen Te averne messo fuori subito duecento. Ma senza i trecento che mancano, non mi servono granché.

SHUI TA Forse ha avuto un po' troppa fretta, Shen Te, a prometterle il denaro. C'è un detto: «Fretta è il nome del vento che rovescia l'impalcatura».

SUN Il denaro mi serve subito, o niente. E la ragazza non è di quelle che tirano in lungo, quando si tratta di dir di sí. Detto fra noi uomini: in nessun campo.

SHUI TA Ah.

SUN E va tutto a suo merito.

SHUI TA Posso sapere a che debbono servire i cinquecento dollari?

SUN Vuol tastarmi il polso, eh? Il gerente dell'hangar di Pechino, che è mio amico dai tempi della scuola di pilotaggio, mi potrebbe procurare un posto, purché gli allungassi cinquecento dollari.

SHUI TA Non è una somma fortissima?

SUN No: lui deve scoprire qualche grave mancanza commessa da un aviatore che ha una grossa famiglia e che perciò è molto solerte nel servizio. Lei mi capisce. Le parlo in confidenza, beninteso: non c'è bisogno che lo sappia Shen Te.

SHUI TA Forse no. Una cosa sola vorrei sapere: non potrebbe darsi che il gerente dell'hangar venda lei il mese prossimo?

SUN Con me non c'è pericolo. Non commetterò mancanze. Sono stato troppo tempo disoccupato.

SHUI TA (*assentendo*) Il cane affamato tira piú svelto il carro verso casa. (*Lo guarda un poco, scrutandolo*) La responsabilità è grave, signor Yang Sun; lei pretende da mia cugina che rinunci al suo capitaletto e a tutti i suoi amici in questa città, ponendo il proprio destino nelle sue mani. Suppongo che lei abbia l'intenzione di sposare Shen Te.

SUN Sarei pronto a farlo.

SHUI TA Ma non è peccato, allora, svendere il negozio per quattro soldi? Quando si ha urgenza di vendere, si realizza molto meno. Con i duecento dollari che lei ha in mano, l'affitto per sei mesi sarebbe assicurato. Non le sorriderebbe l'idea di far andare avanti la tabaccheria?

SUN Io? Si dovrà vedere Yang Sun, l'aviatore, dietro il banco di un negozio? «Desidera un sigaro forte o uno dolce, egregio signore?» Questo non è un affare per gli Yang Sun; non in questo secolo, almeno!

SHUI TA Mi permette di chiederle se il pilotaggio è un affare?

SUN (*trae di tasca una lettera*) Signore, mi dànno duecentocinquanta dollari d'argento al mese! Veda lei stesso la lettera. Ecco il francobollo e il timbro: Pechino.

SHUI TA Duecentocinquanta dollari d'argento? È molto.

SUN Credeva che volassi per niente?

SHUI TA Il posto sembra buono. Signor Yang Sun, mia cugina mi ha incaricato di aiutarla ad ottenere questo posto che le sta tanto a cuore. Dal punto di vista di mia cugina, non vedo nessuna ragione valida che debba impedirle di seguire l'impulso dei suoi sentimenti. Shen Te ha diritto di partecipare alle gioie dell'amore. Sono disposto a convertire in denaro tutto quanto si trova qui. Ecco che viene la padrona di casa, la signora Mi Tzü, alla quale voglio chiedere consiglio circa la vendita del negozio.

PADRONA DI CASA (*entrando*) Buongiorno, signor Shui Ta. Dobbiamo parlare dell'affitto che scade dopodomani.

SHUI TA Signora Mi Tzü, sono intervenute delle circostanze che hanno reso incerto il fatto che mia cugina possa continuare a tenere il negozio. Shen Te pensa di sposarsi e il suo futuro marito (*presenta Yang Sun*) il signor Yang Sun, la porta con sé a Pechino, dove intendono cominciare una nuova vita. Se ricavo abbastanza dal tabacco, vendo tutto.

PADRONA DI CASA E quanto le serve?

SUN Trecento, qui sul banco.

SHUI TA (*subito*) No, cinquecento!

PADRONA DI CASA (*a Sun*) Forse posso darle una mano. (*A Shui Ta*) Quanto è costato il suo tabacco?

SHUI TA Mia cugina ha pagato mille dollari tutti in una volta, e ne ha venduto pochissimo.

PADRONA DI CASA Mille dollari! Naturalmente si è lasciata turlupinare. Le dico una cosa: pago trecento dollari per tutto il negozio se ve ne andate dopodomani.

SUN Lo faremo. Va bene, vecchio mio!

SHUI TA È troppo poco!

SUN No, basta!

SHUI TA Me ne occorrono almeno cinquecento.

SUN Perché?

SHUI TA Permetta che io discuta la questione col fidanzato di mia cugina. (*A parte, a Sun*) Tutto il tabacco è stato dato in pegno a due vecchi coniugi, per i duecento dollari che sono stati consegnati ieri a sua madre!

SUN (*esitando*) C'è qualcosa per iscritto?

SHUI TA No.

SUN (*alla padrona di casa, dopo una breve pausa*) Trecento va bene.

PADRONA DI CASA Vorrei anche sapere se il negozio non è indebitato.

SUN Risponda lei!

SHUI TA Il negozio non è indebitato.

SUN Quando possiamo avere i trecento dollari?

PADRONA DI CASA Dopodomani; e può ancora pensarci sopra. Se avesse un mese di tempo per vendere, ne ricaverebbe di piú. Io pago trecento soltanto perché faccio volentieri quello che posso per favorire la felicità di una coppia d'innamorati. (*Via*).

SUN (*gridandole dietro*) Affare fatto! Scatolette, vasetti e sacchetti, tutto per trecento, e ci togliamo il dente! (*A Shui Ta*) Chissà se entro dopodomani troveremo qualcuno che ci darà di piú? In questo caso potremmo anche rimborsare i duecento dollari.

SHUI TA C'è troppo poco tempo. Nessuno ci darà un dollaro piú dei trecento della Mi Tzü. Lei ha il denaro per il viaggio in due e per i primi tempi?

SUN Certamente.

SHUI TA Quanto è?

SUN Lo scoverò in ogni modo, anche se dovessi rubare!

SHUI TA Dunque, anche questo deve ancora scovarlo?

SUN Non prendertela calda, vecchio mio. A Pechino saprò ben arrivarci.

SHUI TA Ma per due persone non costerà tanto poco.

SUN Due persone? La ragazza la lascio qui. Nei primi tempi sarebbe una palla al piede.

SHUI TA Capisco.

SUN Perché mi guarda come una latta da petrolio bucata? Bisogna pur fare il passo secondo la gamba.

SHUI TA E di che vivrà mia cugina?

SUN Non può fare qualcosa per lei?

SHUI TA Cercherò di darmi d'attorno. (*Pausa*). Vorrei che lei mi rendesse i duecento dollari, signor Yang Sun, e li lasciasse qui finché sarà in grado di presentarsi con due biglietti ferroviari per Pechino.

SUN Caro cognato, vorrei che tu non t'immischiassi in queste cose.

SHUI TA La signorina Shen Te...

SUN Stia tranquillo, alla ragazza ci penso io.

SHUI TA ... potrebbe non essere d'accordo sulla vendita del negozio, quando saprà...

SUN Sarà d'accordo, anche quando saprà.

SHUI TA E lei non teme la mia opposizione?

SUN Caro signore!

SHUI TA Pare che lei dimentichi che Shen Te è una creatura umana e che ha l'uso della ragione.

SUN (*divertito*) Mi ha sempre meravigliato vedere quello che certi pensano in merito alle loro consanguinee di sesso femminile e all'efficacia delle sagge esortazioni. Ha mai sentito parlare della potenza dell'amore o del prurito della carne? Vuole fare appello alla ragione? Ma Shen Te non ha l'uso della ragione! Per questo è stata sempre malmenata, povera bestiola! Se appena io le metto la mano sulla spalla e le dico: « Vieni con me! » lei va in brodo di giuggiole e non riconosce neanche sua madre.

SHUI TA (*con fatica*) Signor Yang Sun!

SUN Signor Vattelapesca!

SHUI TA Mia cugina le è affezionata perché...

SUN Diciamo perché parlo con la mano sul cuore? Riempiti la pipa e fuma! (*Si prende ancora un sigaro, poi se ne mette un paio in tasca, infine si mette sotto il braccio l'intera scatola*) E tu non vai da lei a mani vuote: il matrimonio rimane! E lei porta i trecento bigliettoni, o li porti tu; o lei o tu! (*Via*).

SHIN (*mettendo la testa fuori dal retrobottega*) Non è una figura simpatica. E tutta la Strada Gialla sa che tiene la ragazza in pugno.

SHUI TA (*con un grido*) Il negozio è andato! E lui non ama! Tutto crolla, tutto! (*Si mette a girare per il negozio come una belva in gabbia, ripetendo: «Il negozio è andato!» finché si ferma di colpo e si rivolge alla Shin*) Shin, lei è cresciuta sul marciapiede e io pure. Prendiamo le cose alla leggera? No. Io sono pronto a prenderla per il collo e a scrollarla finché non molla la monetina che mi ha rubato, lo sa bene. I tempi sono terribili, questa città è l'inferno, ma noi riusciamo anche ad arrampicarci su un muro liscio. Poi uno di noi incontra la sventura: s'innamora. Basta, è perduto. Un momento di debolezza, e si è serviti. Come liberarsi da tutte le debolezze, e in primo luogo dalla piú micidiale, dall'amore? Amare è impossibile! Costa troppo caro! Dica francamente lei, si può vivere sempre sul chi va là? Che razza di mondo è questo?

La carezza si muta in stretta mortale,
i sospiri d'amore diventano grida d'angoscia.
Perché ruotano gli avvoltoi laggiú?
Una donna se ne va all'appuntamento!

SHIN Credo sia meglio che faccia venire il barbiere. Deve parlare col barbiere. Lui sí che è un uomo d'onore. Il barbiere è quello che ci vuole per sua cugina. (*Non ricevendo risposta, corre via*).

Shui Ta continua a girare intorno, finché non entra il signor Shu Fu, seguito dalla vedova Shin che, però, dietro un cenno di Shu Fu, deve ritirarsi.

SHUI TA (*gli va incontro premurosamente*) Caro signore, so per sentito dire che lei ha dimostrato un certo interesse per mia cugina. Scusi se lascio da parte le regole di convenienza che m'imporrebbero riservatezza, ma in questo momento la signorina corre grave pericolo.

SHU FU Oh!

SHUI TA Ancora poche ore fa padrona di un negozio, mia cugina è ora poco piú di una mendicante. Signor Shu Fu, questo negozio è rovinato.

SHU FU Signor Shui Ta, il fascino di sua cugina non sta nella bontà del suo negozio, ma nella bontà del suo cuore. Tutti conoscono il nome che questo quartiere ha dato a sua cugina: l'angelo dei sobborghi!

SHUI TA Caro signore, questa bontà è costata a mia cugina in un solo giorno duecento dollari d'argento! Bisogna impedirle di continuare! Bisogna porre un freno!

SHU FU Mi permetta di esprimere una opinione contraria: a tanta bontà non si deve porre un freno. È nella natura stessa della signorina il bisogno di fare il bene. Ogni mattina mi commuovo nel vederla dar da mangiare a quattro persone! Perché non potrebbe dar da mangiare a quattrocento? Mi si dice fra l'altro che si rompe la testa per mantenere alcuni senzatetto. Le mie casette dietro il rustico sono vuote: io le metto a sua disposizione, eccetera. Signor Shui Ta, oserò sperare che le idee da me maturate in questi ultimi giorni, trovino ascolto presso la signorina Shen Te?

SHUI TA Signor Shu Fu, pensieri cosí elevati saranno da lei uditi con ammirazione.

Entra Wang con il poliziotto. Shu Fu si volta ed esamina gli scaffali.

WANG C'è la signorina Shen Te?

SHUI TA No.

WANG Sono Wang, l'acquaiolo. Lei è il signor Shui Ta?

SHUI TA Precisamente. Buongiorno, Wang.

WANG Sono un amico di Shen Te.
SHUI TA So che lei è uno dei suoi piú vecchi amici.
WANG (*al poliziotto*) Vede! (*A Shui Ta*) Sono venuto per via della mano.
POLIZIOTTO Rotta lo è, non si può negarlo.
SHUI TA (*subito*) Capisco, ha bisogno di una benda per il braccio. (*Prende dal retrobottega uno scialle e lo getta a Wang*).
WANG Ma è lo scialle nuovo!
SHUI TA Non le serve piú.
WANG Ma lo ha comprato per piacere a una certa persona.
SHUI TA Le cose si sono messe in modo che ormai non ne ha piú bisogno.
WANG (*fa un bendaggio con lo scialle per appendersi la mano al collo*) È la mia unica testimone.
POLIZIOTTO Sembra che sua cugina abbia visto il barbiere Shu Fu colpire l'acquaiolo col ferro da ricci. Ne sa niente, lei?
SHUI TA So solo che mia cugina non era presente quando è accaduto il fatto.
WANG C'è un malinteso! Faccia venire Shen Te e tutto sarà chiarito. Shen Te testimonierà tutto. Dov'è?
SHUI TA Signor Wang, lei si dice amico di mia cugina. Mia cugina in questo momento ha delle gravi preoccupazioni. È stata atrocemente sfruttata da ogni parte. Per il futuro non potrà piú permettersi la minima debolezza. Lei, ne son certo, non pretenderà che dichiari cose che nel suo caso non corrispondono a verità, col rischio di perdere tutto ciò che possiede.
WANG (*sconcertato*) Ma è stata lei a consigliarmi ad andare dal giudice.
SHUI TA Perché le guarisca la mano?
WANG No, perché faccia pagare il barbiere.

Il signor Shu Fu si volta.

SHUI TA Signor Wang, uno dei miei principî è quello di non immischiarmi in una lite fra due miei amici.

Shui Ta s'inchina a Shu Fu che gli restituisce l'inchino.

WANG (*togliendosi la benda e restituendola, triste*) Ho capito.

POLIZIOTTO Dopodiché, me ne posso andare. Sei cascato male col tuo trucchetto; proprio su un uomo come si deve! Un'altra volta sii un po' piú prudente con le denunce, galantuomo. Se il signor Shu Fu, bontà sua, non rinunciasse al suo diritto, potresti andar dentro per diffamazione. Fila, adesso!

I due escono.

SHUI TA La prego di scusare l'accaduto.

SHU FU È scusato. (*Pressante*) E la faccenda con quella... certa persona (*indicando lo scialle*) è veramente finita? Liquidata?

SHUI TA Liquidata. Ha capito che uomo è. Certo, ci vorrà del tempo prima che le ferite siano rimarginate.

SHU FU Occorrerà esser prudenti, usar cautela.

SHUI TA Sono ferite ancora fresche.

SHU FU Andrà un po' in campagna.

SHUI TA Qualche settimana. Ma sarà felice di poter prima discutere ogni cosa con qualcuno in cui possa riporre piena fiducia.

SHU FU Faremo una cenetta in un piccolo ma ottimo ristorante.

SHUI TA Con discrezione. Mi affretto ad informare mia cugina. Sarà ragionevole. È in grande agitazione per il suo negozio che considera come un dono degli dèi. Voglia attendere qualche minuto. (*Va nel retrobottega*).

SHIN (*mettendo dentro la testa*) Ci si può congratulare?

SHU FU Si può. Signora Shin, comunichi oggi stesso ai protetti della signorina Shen Te che offrirò loro ricovero nelle mie casette dietro il rustico.

La Shin annuisce sogghignando.

SHU FU (*alzandosi, al pubblico*) Come mi trovate, signore e signori? Si potrebbe fare di piú? Si può esser piú altruisti? Piú delicati? Piú lungimiranti? Una cenetta! Che cose basse e volgari potrebbe far pensare a certa gente! E invece non accadrà niente, proprio niente. Nessun contatto, nemmeno occasionalmente passandosi la saliera! Sarà solo uno scambio d'idee. Due anime s'incontreranno al disopra dei fiori che adornano la tavola. Crisantemi bianchi, s'intende. (*Prende appunti*) No, qui non si sfrutta una situazione infelice, non si trae vantaggio da una delusione. Si offre comprensione e soccorso, ma quasi tacitamente. E per tutta riconoscenza basterà uno sguardo, uno sguardo che potrà significare anche di piú.

SHIN Dunque, ogni cosa è andata secondo i suoi desideri, signor Shu Fu?

SHU FU Assolutamente! Ci sono in vista novità, da queste parti. Un certo tipo ha avuto il congedo, e certe macchinazioni contro questo negozio saranno sventate. Certa gente, che non arrossisce di attentare alla fama della piú casta fanciulla di questa città, in futuro dovrà fare i conti con me. Che cosa sa lei di quel Yang Sun?

SHIN È il piú sporco poltrone...

SHU FU Non è niente. Non c'è. Non esiste, Shin.

Entra Yang Sun.

SUN Cosa succede, qui?

SHIN Signor Shu Fu, desidera che chiami il signor Shui Ta? Lui non gradisce certo che degli estranei si soffermino nel suo negozio.

SHU FU La signorina Shen Te ha un importante abboccamento col signor Shui Ta: non si può disturbarli.

SUN Come! Shen Te è qui? Se non l'ho vista entrare! Di che abboccamento si tratta? Devo partecipare anch'io.

SHU FU (*gl'impedisce di entrare nel retrobottega*) Dovrà aver pazienza, signor mio. Credo di sapere chi è lei. Sappia che la signorina Shen Te ed io stiamo per annunciare il nostro fidanzamento.

SUN Come?

SHIN Si meraviglia, eh?

Sun lotta col barbiere per entrare nel retrobottega. Ne esce Shen Te.

SHU FU Perdoni, cara Shen Te, vorrà spiegare...

SUN Cosa succede, Shen Te? Sei impazzita?

SHEN TE (*tutto d'un fiato*) Sun, mio cugino e il signor Shu Fu si sono messi d'accordo che io devo seguire le idee del signor Shu Fu per aiutare la gente di questo quartiere. (*Pausa*). Mio cugino è contrario alla nostra relazione.

SUN E tu sei d'accordo?

SHEN TE Sí.

Pausa.

SUN Ti hanno detto che sono un uomo cattivo? (*Shen Te tace*). E forse lo sono, Shen Te. Ma proprio per questo mi sei necessaria. Sono un uomo spregevole. Senza soldi, senza creanza. Ma mi difendo, io. Stanno facendo la tua infelicità, Shen Te. (*Va verso di lei e le parla con voce soffocata*) Guardalo, di'! Non hai occhi nella testa? (*Mettendole la mano sulla spalla*) Povera bestiola, dove volevano portarti ancora? A un matrimonio d'interesse? Se non era per me, finivi sul banco del macellaio! Dillo tu: se non ci fossi stato io, saresti andata con lui?

SHEN TE Sí.

SUN Con un uomo che non ami.

SHEN TE Sí.

SUN Hai dimenticato tutto? Come pioveva?

SHEN TE No.

SUN Come mi hai salvato dall'albero? Come mi hai pagato un bicchier d'acqua, come mi hai promesso il denaro perché potessi volare di nuovo?

SHEN TE (*tremante*) Cosa vuoi?

SUN Che vieni con me.

SHEN TE Signor Shu Fu, mi perdoni. Voglio andare con Sun.

SUN Siamo amanti, sa. (*La spinge verso la porta*) Dov'è la chiave del negozio? (*La toglie dalla tasca di Shen Te e la dà alla Shin*) La metta sotto la porta, quando ha finito. Vieni, Shen Te.

SHU FU Ma questa è una prepotenza! (*Grida verso il retrobottega*) Signor Shui Ta!

SUN Digli di non fare tanto chiasso.

SHEN TE Per favore, non chiami mio cugino, signor Shu Fu. Non è del mio parere, lo so. Ma non ha ragione, lo sento. (*Al pubblico*)

Voglio andare con l'uomo che amo.
Non voglio fare i conti di quanto mi costa.
Non voglio pensare se è bene o male,
Non voglio sapere se mi ama.
Voglio andare con lui che amo.

SUN Cosí è.

Escono entrambi.

Intermezzo: davanti al sipario.

Shen Te in abito da sposa, mentre sta andando alle nozze, si volta al pubblico.

SHEN TE Che momento terribile ho passato! Mentre uscivo dalla porta, tutta allegra e fremente d'attesa, vedo in mezzo alla strada la vecchia moglie del mercante di tappeti che tremando mi racconta come suo marito si sia ammalato per l'agitazione e il dispiacere di perdere il denaro che mi aveva dato in prestito. Secondo lei, la cosa migliore è che io restituisca senz'altro il denaro. Naturalmente gliel'ho promesso. Mi è parsa sollevata e piangendo mi ha augurato tutto il bene possibile, chiedendomi perdono, scusandosi di non avere piena fiducia in mio cugino e neanche in Sun. Ho dovuto sedermi sui gradini quando se n'è andata, tanto ero inorridita di quello che ho fatto. Per un impulso dei sensi mi sono gettata nuovamente nelle braccia di Sun; non ho saputo resistere alla sua voce e alle sue carezze. Le cose cattive che egli aveva detto a Shui Ta non sono servite a rendere piú saggia Shen Te. Abbandonandomi nelle sue braccia ho pensato ancora: anche gli dèi volevano che io fossi buona verso me stessa.

Non lasciar andare in rovina nessuno, nemmeno se stessi.
A tutti, anche a se stessi, dare la felicità: ecco il bene.

Come ho potuto dimenticarmi cosí totalmente di quei due cari vecchietti! Sun è venuto come un piccolo uragano, e ha travolto verso Pechino il mio negozietto e con esso tutti i miei amici. Ma non è cattivo e mi ama; finché gli starò vicina non farà niente di male. Ciò che un uomo dice agli altri uomini non conta nulla: vuol apparire grande e potente, vuol far la figura del gran duro. Quando gli dirò che i due vecchi non possono pagare le tasse, capirà tutto; andrà piuttosto a lavorare nella cementeria, ma non volerà a prezzo di una cattiva azione. Certo, volare è una grande passione per Sun. Sarò abbastanza forte per risvegliare in lui la bontà? Ora, sul cammino delle nozze, oscillo fra il timore e la gioia. (*Se ne va rapidamente*).

VI.

Saletta di un modesto ristorante di periferia.

Un cameriere versa il vino ai convitati alla festa di nozze. Vicino a Shen Te stanno il nonno, la cognata, la nipote, la Shin e il disoccupato. Nell'angolo, solo, sta un bonzo. Alla ribalta Sun sta parlando con sua madre, la signora Yang. Sun è in smoking.

SUN Una cosa spiacevole, mamma. Proprio ora, con l'aria piú innocente del mondo, mi ha detto che non può vendere il negozio per me. Non so piú chi le vuol far causa per averle prestato quei duecento dollari che ti ha dato. Ma suo cugino aveva detto che non c'era niente di scritto.

SIGNORA YANG E tu che cosa le hai risposto? Naturalmente non la puoi sposare.

SUN È inutile parlare con lei di queste cose, ha la testa troppo dura. Ho mandato a cercare il cugino.

SIGNORA YANG Ma lui vuole darla in moglie al barbiere.

SUN Di queste nozze non se ne parla piú, ci ho pensato io. Il barbiere si è offeso a morte. Il cugino capirà che, se io non tiro fuori i duecento dollari, il negozio è perduto perché i creditori lo faranno mettere sotto sequestro, ma che anche il mio posto è perduto se non avrò i trecento dollari.

SIGNORA YANG Vado ad aspettarlo fuori del ristorante. Tu sta' vicino alla tua sposa, Sun!

SHEN TE (*versando il vino, al pubblico*) Non mi ero sbagliata sul suo conto. Non ho visto in lui il minimo segno di delusione. Benché sia certo un colpo molto duro, per lui, rinunciare a volare, è rimasto di ottimo umore. Lo amo tanto. (*Fa cenno a Sun di avvicinarsi*) Sun, non hai ancora brindato con la sposa!

SUN A che cosa brindiamo?
SHEN TE Brindiamo al futuro.

Bevono.

SUN A quando lo smoking dello sposo non sarà piú preso a prestito!
SHEN TE Ma il vestito della sposa qualche volta si bagnerà ancora di pioggia.
SUN A tutto quello che desideriamo per noi!
SHEN TE E che possa avverarsi presto!
SIGNORA YANG (*uscendo, alla Shin*) Sono entusiasta di mio figlio. Gli ho sempre dato la certezza che potrà avere la moglie che desidera. Perbacco, è meccanico specializzato e pilota d'aviazione. E sai che cosa mi dice, adesso? « Mi sposo per amore, mamma », mi dice, « il denaro non è tutto ». È un matrimonio d'amore! (*Alla cognata*) Una volta o l'altra deve pur succedere, no? Ma è dura per una madre, è dura. (*Voltandosi, grida al bonzo*) Non vada troppo svelto, lei. Purché la cerimonia sia lunga come lo sono state le trattative per il prezzo, sarà certamente decorosa. (*A Shen Te*) Dobbiamo ritardare un po', cara. Uno dei principali invitati non è ancora arrivato. (*A tutti*) Scusatemi, prego. (*Via*).
COGNATA Finché c'è vino, si pazienta volentieri.

Si siedono.

DISOCCUPATO Non ci perdiamo niente.
SUN (*con voce alta e scherzosa, davanti agli invitati*) E prima della cerimonia nuziale devo ancora farti un piccolo esame. Non è una cosa inutile, quando si decide di sposarsi cosí in fretta. (*Agli invitati*) Ancora non so che specie di moglie sto per prendermi. La faccenda mi preoccupa. (*A Shen Te*) Per esempio, sai fare cinque tazze di tè con tre foglie di tè?
SHEN TE No.
SUN Dunque non potrò avere il tè. Sai dormire su un pagliericcio grande come il libro che sta leggendo il bonzo?
SHEN TE In due?
SUN No, da sola.

SHEN TE Allora no.

SUN Ho paura della moglie che sto per prendere.

Tutti ridono. Dietro Shen Te, appare sulla soglia la signora Yang. Con una alzata di spalle fa intendere a Sun che l'ospite atteso non si vede.

SIGNORA YANG (*al bonzo, che le mostra l'orologio*) Via, non abbia tanta fretta. Non può essere che questione di minuti. Vedo che qui la gente beve e fuma e nessuno ha fretta. (*Si siede tra gli invitati*).

SHEN TE Ma non dobbiamo discutere come sistemare le cose?

SIGNORA YANG Per carità, non parliamo d'affari, oggi! Darebbe un tono cosí volgare alla cerimonia, non trovi?

Il campanello dell'ingresso tintinna. Tutti guardano verso la porta, ma nessuno entra.

SHEN TE Sun, chi sta aspettando tua madre?

SUN È una sorpresa per te. A proposito, come sta tuo cugino Shui Ta? Me la intendevo, con lui. Un uomo di gran buon senso, una bella testa. Perché non parli?

SHEN TE Non so. Non ho voglia di pensare a lui.

SUN Perché no?

SHEN TE Perché tu non dovresti intendertela con quello lí. Se mi vuoi bene, non puoi voler bene a lui.

SUN E allora, che se lo portino i tre diavoli: il diavolo Nebbia, il diavolo Fracassa e il diavolo Serbatoio-Vuoto! Bevi, donna testarda! (*La fa bere*).

COGNATA (*alla Shin*) Qui c'è qualcosa che non va.

SHIN Che altro poteva aspettarsi?

BONZO (*va risolutamente verso la signora Yang, con l'orologio in mano*) Devo andare, signora Yang. Devo celebrare un altro matrimonio e domattina ho un funerale.

SIGNORA YANG Crede che mi faccia piacere, questo continuo ritardare? Credevamo di cavarcela con una brocca di vino. E adesso vede che cosa ne rimane? (*Forte, a Shen Te*) Mia cara Shen Te, non capisco perché tuo cugino si fa aspettare tanto!

SHEN TE Mio cugino?

SIGNORA YANG Ma è lui che stiamo aspettando, cara! Io sono una donna all'antica e credo che un parente cosí prossimo della sposa debba assistere alle nozze.

SHEN TE Oh, Sun, è per i trecento dollari d'argento?

SUN (*senza guardarla*) Non hai sentito perché? Lei è all'antica. Bene, rispettiamo i suoi sentimenti. Concediamogli un altro quarto d'ora e se poi non viene perché i tre diavoli se lo sono preso, incominciamo!

SIGNORA YANG Credo che voi tutti sappiate che mio figlio avrà un impiego di pilota postale. Ne sono molto contenta. In questi tempi bisogna guadagnare bene.

COGNATA Dovrà andare a Pechino, non è vero?

SIGNORA YANG Sí, a Pechino.

SHEN TE Sun, devi dire a tua madre che di Pechino non se ne parla piú.

SUN Glielo dirà tuo cugino, se è del tuo stesso parere. Detto fra noi: io non lo sono.

SHEN TE (*spaventata*) Sun!

SUN Come odio questo Sezuan! Che città è questa! Sai come li vedo tutti quanti, se socchiudo gli occhi? Cavalli, mi sembrano! Torcono il collo in alto con aria preoccupata: cos'è quel tuono lassú? Cosa succede? Come, nessuno ha piú bisogno di loro? Davvero, hanno già fatto il loro tempo? Lascia che si azzannino a morte nella loro città di cavalli! Oh, potersene andare di qui!

SHEN TE Ma ho promesso di rendere il denaro ai due vecchi.

SUN Sí, me l'hai detto. E dal momento che fai di queste stupidaggini, è bene che venga tuo cugino. Bevi, e lascia a noi gli affari. Metteremo tutto a posto.

SHEN TE (*sgomenta*) Ma mio cugino non può venire!

SUN Cosa significa?

SHEN TE Non è piú qui.

SUN E dimmi un po' allora, cosa t'immagini che sarà il nostro futuro?

SHEN TE Pensavo che hai ancora i duecento dollari d'argento e che domani mattina possiamo restituirli. Terremo il tabacco che vale molto di piú, e lo venderemo insieme davanti alla cementeria, visto che non abbiamo i denari per il semestre d'affitto anticipato.

SUN Toglitelo dalla testa! Toglitelo subito dalla testa, sorellina! Io dovrei mettermi in mezzo alla strada e vendere il tabacco agli operai della cementeria? Io, Yang Sun, l'aviatore? Ma piuttosto mi mangio i duecento dollari in una notte, li getto nel fiume, piuttosto! E tuo cugino mi conosce! Mi sono messo d'accordo con lui perché porti i trecento dollari al matrimonio.

SHEN TE Mio cugino non può venire.

SUN E io credevo che non potesse mancare.

SHEN TE Non può essere dove sono io.

SUN Quanti misteri!

SHEN TE Sun, lui non ti è amico, devi saperlo. Sono io che ti voglio bene. Mio cugino Shui Ta non vuol bene a nessuno. È mio amico, ma non è amico di nessuno dei miei amici. Era d'accordo che tu prendessi il denaro dei due vecchi perché trovava vantaggioso il posto di Pechino. Ma non verrà coi trecento dollari al matrimonio.

SUN E perché no?

SHEN TE (*guardandolo negli occhi*) Dice che hai comprato un solo biglietto per Pechino.

SUN Sí, ieri era cosí, ma guarda cosa posso mostrargli oggi! (*Tira fuori a metà due pezzi di carta dal taschino*) Non c'è bisogno che la vecchia li veda. Sono due biglietti per Pechino: uno per me e uno per te. Credi ancora che tuo cugino sarà contrario al matrimonio?

SHEN TE No, il posto è buono. E io non ho piú il negozio.

SUN Per causa tua ho venduto i mobili.

SHEN TE Non dirmi altro! Non farmi vedere i biglietti! Ho una gran paura che me ne verrei via con te. Ma, Sun, non ti posso dare i trecento dollari: che ne sarebbe dei due vecchietti?

SUN E di me, che ne sarà? (*Pausa*). Bevi, piuttosto! O sei un tipo prudente? Una moglie prudente, non la potrei sopportare. Io, quando bevo, torno a volare. E tu, quando bevi, può darsi forse che riesci a capirmi.

SHEN TE Non credere che non ti capisca. Capisco che vuoi volare e che io non posso aiutarti.

SUN «Ecco un aeroplano, mio amato, ma gli manca un'ala!»

SHEN TE Sun, il posto di Pechino non possiamo averlo onestamente. Per questo mi occorrono i duecento dollari che hai avuto da me. Dammeli subito, Sun!

SUN «Dammeli subito, Sun!» Si può sapere di che stai parlando? Sei o non sei mia moglie? Lo sai, almeno, che mi vuoi tradire? Ma per fortuna tua e mia, le cose non dipendono piú da te: tutto è sistemato.

SIGNORA YANG (*gelida*) Sun, sei sicuro che il cugino della sposa verrà? Ci sarebbe quasi da pensare che ha qualcosa contro questo matrimonio, dato che non si fa vedere.

SUN Che cosa dici, mamma! Siamo amici per la pelle. Spalancherò la porta perché ci trovi subito, quando arriverà di corsa per far da testimonio al suo amico Sun! (*Va alla porta e la apre con un calcio, poi ritorna, un po' barcollante perché ha bevuto troppo, e si risiede accanto a Shen Te*) E aspettiamo. Tuo cugino ha piú buon senso di te. L'amore, dice saggiamente, è una parte necessaria dell'esistenza. E, quel che piú importa, lui sa che cosa significherebbe per te niente negozio e niente matrimonio!

Attesa generale.

SIGNORA YANG Eccolo!

Si odono dei passi e tutti guardano verso la porta. Ma i passi si allontanano.

SHIN Ci sarà uno scandalo. Si sente, c'è l'odore nell'aria. La sposa aspetta le nozze, ma lo sposo aspetta il signor cugino.

SUN Il signor cugino non ha fretta.

SHEN TE (*piano*) Oh, Sun!

SUN Me ne devo star seduto qui con i biglietti in tasca e una pazza vicino che non sa fare i conti! E vedo già avvicinarsi il giorno che mi manderai a casa la polizia a riscuotere i duecento dollari!

SHEN TE (*al pubblico*) È cattivo, e vuole che anch'io sia cattiva. Gli sto qui accanto, io che lo amo, e lui aspetta il cugino. Ma tutt'intorno a me ci sono i bisognosi, la vecchia col marito ammalato, i poveri che al mattino aspettano la razione di riso davanti alla mia porta, e uno sconosciuto di Pechino in ansia per il suo posto. E tutti mi proteggono perché tutti hanno fiducia in me.

SUN (*fissando la brocca di vetro nella quale non c'è piú vino*) La brocca del vino è il nostro orologio. Siamo povera gente, e quando gl'invitati hanno bevuto tutto, l'orologio è scarico per sempre.

La signora Yang gli fa cenno di tacere, perché nuovamente si odono dei passi.

CAMERIERE (*entrando*) Comanda un'altra brocca di vino, signora Yang?

SIGNORA YANG No, grazie, basta cosí. Il vino dà un gran caldo, non è vero?

SHIN Direi che è anche caro.

SIGNORA YANG Quando bevo sono in un bagno di sudore.

CAMERIERE Allora, potrei pregarla di regolare il conto?

SIGNORA YANG (*senza dargli retta*) Signori, devo chiedervi ancora un po' di pazienza, il signor parente dev'essere per strada. (*Al cameriere*) Non disturbare la festa!

CAMERIERE Non posso lasciarla uscire prima che abbia regolato il conto.

SIGNORA YANG Ma qui mi conoscono!

CAMERIERE Eh, sí.

SIGNORA YANG È inaudito, questo personale di oggigiorno. Che ne dici, Sun?

BONZO I miei omaggi. (*Se ne va con sussiego*).

SIGNORA YANG (*disperata*) Restate pure seduti! Il bonzo tornerà fra poco.

SUN Lascia perdere, mamma. Signore e signori, visto che il bonzo se n'è andato, non possiamo piú trattenervi.

COGNATA Vieni, nonno!

NONNO (*vuotando con serietà il bicchiere*) Alla salute della sposa!

LA NIPOTE (*a Shen Te*) Non se n'abbia a male. Vuole essere gentile con lei. Gli è simpatica.

SHIN Che figuraccia!

Tutti gli invitati escono.

SHEN TE Devo andare anch'io, Sun?

SUN No, tu aspetta. (*La tira per il velo nuziale, che le va a sghimbescio*) Non sono forse le tue nozze? Io aspetto ancora, e la vecchia pure aspetta: vuole a tutti i costi vedere il suo falchetto volare tra le nuvole. Adesso però sono quasi certo che solo il giorno di san Giammai potrà uscire dalla porta per aver sentito rombare l'aeroplano sopra la casa. (*Alle sedie vuote, come se gli invitati fossero ancora presenti*) Signore e signori, come mai avete interrotto la conversazione? Il matrimonio è solo rimandato di poco, per l'assenza del parente piú importante e perché la sposa non sa che cosa sia l'amore. Per distrarvi, io, lo sposo, vi canterò una canzone. (*Canta*)

CANZONE DEL GIORNO DI SAN GIAMMAI.

Un giorno, e lo sa bene chi è nato
al freddo, in misera culla,
il figlio di povera donna si siede sul trono dorato.
E quel giorno è il giorno di san Giammai.
 Il giorno di san Giammai
 si siede sul trono dorato.

E quel giorno la bontà darà frutto
e la cattiveria ti costerà la testa
e merito e guadagno si faranno buon viso,
pane e sale si scambieranno.
 Il giorno di san Giammai
 pane e sale si scambieranno.

L'erba dall'alto guarderà il cielo,
il ciottolo risalirà il fiume
e l'uomo sarà buono e senza nessuna fatica
della terra farà un paradiso.
 Il giorno di san Giammai
 della terra farà un paradiso.

E quel giorno sarò un aviatore,
e un generale sarai tu.

E tu che hai troppo tempo avrai lavoro,
e tu povera donna avrai la pace.
    Il giorno di san Giammai
    povera donna, tu avrai la pace.

E poiché non possiamo piú attendere
tutto questo, credetemi, avverrà
non a sera, al tramonto, alle otto o alle nove,
ma al primo cantar del gallo.
    Il giorno di san Giammai
    al primo cantar del gallo.

SIGNORA YANG Non verrà piú.

Tutti e tre rimangono seduti; due di loro guardano verso la porta.

Intermezzo: ricovero notturno di Wang.

Ancora una volta, gli dèi appaiono in sogno a Wang, che è addormentato su di un grosso volume. Musica.

WANG Che fortuna che siate venuti, o altissimi! Permettetemi di rivolgervi una domanda che mi tormenta profondamente. Ho trovato un libro, nella casupola diroccata di un bonzo che è andato a fare l'operaio in una cementeria, e nel libro c'è un passo molto strano. Devo assolutamente leggervelo. Eccolo qui. (*Con la sinistra sfoglia un libro immaginario per leggerlo, mentre il libro vero rimane dov'è*) «A Sung c'è un luogo che si chiama "il Roveto"; vi crescono cipressi, catalpe e gelsi. Gli alberi che hanno una o due spanne di circonferenza, vengono tagliati dalla gente che vuol costruirsi dei recinti per i cani. Quelli che hanno tre o quattro piedi di circonferenza sono fatti abbattere dalle ricche e distinte famiglie che vogliono le assi per le bare. Quelli di sei od otto piedi vengono abbattuti da coloro che vogliono farsene travi per costruirsi delle ville lussuose. Cosí, nessuno degli alberi può vivere il lasso di tempo che gli è destinato, ma tutti periscono prematuramente di accetta o di sega. Tale è il destino di chi è utile».

TERZO DIO Ma allora, il piú inutile sarebbe il migliore.

WANG No, soltanto il piú fortunato. Il peggiore è il piú fortunato.

PRIMO DIO Senti che roba scrive la gente!

SECONDO DIO Perché ti turba tanto questa parabola, acquaiolo?

WANG In rapporto a Shen Te, altissimo! Il suo amore è stato un fallimento perché lei ha seguito il comandamento dell'amore del prossimo! Forse è davvero troppo buona per questo mondo, o altissimi.

PRIMO DIO Non sai quel che dici, debole, miserabile uomo! A quanto pare, sei rosicchiato dai pidocchi e dai dubbi.

WANG Certamente, o altissimi! Perdonatemi! Pensavo solo che voi avreste potuto intervenire.

PRIMO DIO Impossibile. Il nostro amico (*indica il terzo dio che ha un occhio pesto*) proprio ieri è intervenuto in una disputa. Vedi le conseguenze.

WANG Ma si è dovuto ricorrere ancora al cugino. È un uomo straordinariamente abile, lo so per esperienza diretta; però neanche lui ha potuto farci niente. A quanto pare, il negozio è già perduto.

TERZO DIO (*inquieto*) Forse dovremmo aiutarla?

PRIMO DIO La mia opinione è che deve aiutarsi da sola.

SECONDO DIO (*severo*) Piú difficile sarà la sua situazione, piú evidente sarà la sua bontà. Il dolore purifica!

PRIMO DIO Tutte le nostre speranze sono riposte in lei.

TERZO DIO La nostra ricerca non dà risultati soddisfacenti. Qui e là troviamo delle buone intenzioni, degli slanci verso il bene, molti nobili principî, ma tutto questo non basta per fare un'anima buona. E quando per caso incontriamo delle anime buone, vediamo che non vivono in maniera degna di esseri umani. (*In tono confidenziale*) Quanto ai pernottamenti, peggio di cosí non potrebbe andare. Dalla paglia che ci rimane sui vestiti, puoi farti un'idea dove passiamo le nostre notti.

WANG Ancora una cosa: non potreste almeno...

GLI DÈI No. – Siamo soltanto spettatori. – Siamo fermamente convinti che la nostra anima buona troverà la sua via su questa fosca terra. – Piú pesante sarà il fardello, piú grande sarà la sua forza. – Aspetta, acquaiolo, e vedrai che tutto avrà una buona...

Le figure degli dèi si fanno sempre piú pallide e le loro voci piú tenui. Poi scompaiono e le voci non si odono piú.

VII.

Cortile dietro il negozio di Shen Te.

Un carretto con alcune masserizie. Shen Te e la Shin stanno togliendo la biancheria appesa ad asciugare.

SHIN Non capisco perché non lotta con le unghie e coi denti per tenere il negozio.

SHEN TE Lottare? E come? Non ho nemmeno i denari per l'affitto. Oggi devo rendere i duecento dollari ai due vecchi, e siccome li ho dati ad altri, dovrò vendere il tabacco alla signora Mi Tzü.

SHIN Allora tutto è perduto. Niente marito, niente tabacco, niente casa! È quel che succede alla gente che vuole esser migliore degli altri. E adesso, di che cosa vivrà?

SHEN TE Non lo so. Forse guadagnerò qualcosa con la cernita del tabacco.

SHIN Cosa ci fanno qui i pantaloni del signor Shui Ta? È andato via nudo?

SHEN TE Ha un altro paio di pantaloni.

SHIN Mi pareva che mi avesse detto che se n'era andato per sempre. Come mai ha lasciato qui i pantaloni?

SHEN TE Forse non ne ha piú bisogno.

SHIN Allora non devo farne un pacco?

SHEN TE No.

Arriva a precipizio il signor Shu Fu.

SHU FU Non dica niente. So tutto. Ha sacrificato amore e felicità perché due vecchi che hanno avuto fiducia in lei non andassero in rovina. Non per niente, il quartiere, questo quartiere sospettoso e malevolo, l'ha soprannominata l'angelo dei sobborghi. Il suo fidanzato non poteva raggiungere il suo livello morale e lei l'ha abbandonato. E ora chiude cotesto suo negozio che per tanti è l'oasi, il porto, la sicurezza! Non posso permetterlo. Giorno per giorno, dal mio negozio ho visto radunarsi la piccola folla di gente che riceveva il riso dalle sue mani: e tutto questo dovrebbe finire? Il bene sarebbe destinato a perire? Ah, se lei mi permettesse di esserle d'aiuto nelle sue opere buone! No, non dica niente! Non le chiedo garanzie. Nessuna promessa che lei gradirà il mio aiuto. Ma ecco qui. (*Trae di tasca il libretto degli assegni, firma un assegno che depone sul carretto*) Le do un assegno in bianco. Può riempirlo per qualunque somma, e poi me ne vado, zitto e umile, senza pretender nulla, sulla punta dei piedi, dimentico di me stesso. (*Via*).

SHIN (*esaminando l'assegno*) È salva! I tipi come lei sono fortunati, trovano sempre qualche cretino. Ma adesso lo acciuffi e lo tenga stretto. Ci scriva sopra: mille dollari d'argento, e io corro alla banca prima che gli torni l'uso della ragione.

SHEN TE Metta la biancheria sul carretto. Per pagarle il bucato non ho bisogno dell'assegno.

SHIN Come! Non vorrebbe incassarlo? È un delitto! Forse perché poi ha paura di doverlo sposare? Sciocchezze! Gli uomini come quello vogliono che li si meni per il naso! Ci provano un gusto matto. O vuole ancora attaccarsi al suo aviatore, quando tutta la Strada Gialla e tutto il quartiere sanno come è stata trattata da quel tipo?

SHEN TE È colpa della miseria. (*Al pubblico*)

Di notte, nel sonno, l'ho visto soffiare con le guance:
guance cattive.
Ma all'alba ho guardato il suo vestito contro luce, e
ho visto il muro attraverso.
Il suo riso maligno mi faceva paura, ma
per le sue scarpe tutte buchi lo amavo tanto.

SHIN Vuole ancora difenderlo, dunque? Non ho mai visto una pazzia simile. (*Irosamente*) Sarà un bel sollievo, quando il quartiere sarà liberato di lei.

SHEN TE (*barcolla mentre prende il mucchio della biancheria*) Mi gira un po' la testa.

SHIN Le capita spesso di sentirsi girare la testa, quando si alza o si abbassa? Purché non ci sia una piccola novità per strada! (*Ride*) L'ha bell'e messa nei pasticci! Se davvero fosse cosí, addio assegno! Non era certamente destinato a un avvenimento del genere. (*Va dentro con la cesta*).

SHEN TE (*la guarda senza muoversi, poi guarda il proprio corpo, lo palpa* e *una gran gioia le si diffonde sul viso. Sottovoce*) Oh gioia! Un essere umano cresce nel mio grembo! Non lo si vede ancora; eppure è già qui. In segreto il mondo lo attende. Nelle città la gente dice: c'è qualcuno che arriva, e ora dobbiamo fare i conti anche con lui. (*Con la mimica presenta il suo bambino al pubblico*) Un aviatore!

Salute, nuovo conquistatore
di sconosciuti mondi, d'inaccessibili terre. Tu
che i messaggi da un uomo a un altro uomo
porti, varcando i deserti invalicati!

(*Cammina su e giú come se tenesse un bimbo per mano*) Vieni, figlio, e guarda com'è il mondo. Ecco, questo è un albero. Fagli una riverenza, salutalo. (*Gli mostra come si fa una riverenza*) Ecco, adesso vi conoscete. Fermo, ecco che viene l'acquaiolo. È un amico, dàgli la mano, non aver paura. « Per piacere, un bicchier d'acqua per mio figlio. Fa cosí caldo, oggi! » (*Gli porge il bicchiere*) Oh Dio, ecco il poliziotto, giriamo da un'altra parte. Magari andiamo a cogliere due ciliege nel giardino del ricco signor Feh Pung: ma attenti, non dobbiamo farci vedere. Vieni, figlio di padre ignoto, anche tu vuoi le ciliege! Piano, piano, figlio! (*Camminano guardinghi, sbirciandosi intorno*). No, gira per di qui, i cespugli ci nasconderanno. Ma no, non andar dritto all'albero, in questo caso non si può. (*Pare che il piccolo la tiri, mentre lei resiste*) Dobbiamo essere ragionevoli. (*Improvvisamente cedendo*) Bene, se proprio vuoi andarci... (*Lo solleva*) Ci arrivi, alle ciliege? Mettitele in bocca, è il posto piú sicuro. (*Assaggia anche lei una ciliegia che il bambino le mette in bocca*) Che buona! Accidenti, il poliziotto!

Gambe! (*Scappano*). Ecco la strada, piano, ora, si cammina adagino per non dar nell'occhio. Come se niente fosse, cosí. (*Canta, mentre passeggia col bambino*)

Una prugna cosí a caso
a un viandante colpí il naso.
Ma l'ometto furbacchione
se la mangia in un boccone.

Intanto è entrato l'acquaiolo Wang, tenendo un bambino per mano. Guarda meravigliato Shen Te.

SHEN TE (*sentendo Wang che tossicchia*) Oh, ciao, Wang!

WANG Shen Te, ho saputo che sei in cattive acque e hai dovuto vendere il negozio per pagare i debiti. Ma qui c'è un bambino che non ha casa, stava girando per l'ammazzatoio. Credo che sia uno dei figli di Lin To il falegname, che qualche settimana fa ha perduto il suo laboratorio e da allora non fa che ubriacarsi. I suoi bambini vanno in giro affamati. Cosa si può fare per loro?

SHEN TE (*prende il bambino dalla mano di Wang*) Vieni, omettino! (*Al pubblico*)

Ehi, voi! C'è qui uno che chiede un tetto.
Uno di domani vi chiede un oggi.
Un suo amico, il conquistatore che sapete,
è il suo avvocato.

(*A Wang*) Potrà stare benissimo nelle baracche del signor Shu Fu; forse ci andrò io pure. Anch'io aspetto un bambino. Ma non dirlo a nessuno, sennò Yang Sun lo verrebbe a sapere e non vorrebbe piú tenerci. Cerca il signor Lin To nella città bassa e digli che venga pure qui.

WANG Grazie, Shen Te. Sapevo che avresti trovato la soluzione. (*Al bambino*) Vedi, un'anima buona sa sempre trovare una via d'uscita. Corro a cercare tuo padre. (*Fa per andarsene*).

SHEN TE Oh, Wang; ora che ci penso: come va la tua mano? Io volevo testimoniare per te, ma mio cugino...

WANG Non pensare alla mia mano. Vedi: ho già imparato a cavarmela senza la destra. Quasi non ne sento piú il bisogno: guarda. (*Le mostra come può manovrare il carrettino senza usare la mano destra*).

SHEN TE Ma non devi lasciarla anchilosare! Ecco, prendi il mio carretto, vendi tutto e va' dal dottore. Mi vergogno di averti mancato di parola. E cosa penserai di me, che accetto in dono le baracche del barbiere?

WANG Penso che ora ci abiteranno i senzatetto. E anche tu. Questo è piú importante della mia mano. Vado dal falegname. (*Via*).

SHEN TE (*gli grida dietro*) Promettimi che verrai con me dal dottore! (*La Shin è tornata e ha fatto furiosi cenni a Shen Te*). Che c'è?

SHIN Ma è proprio impazzita? Regalare anche il carretto con le sue ultime cose? Cosa le importa la mano di quello lí? Se il barbiere viene a saperlo, la caccerà anche da quest'ultimo ricovero che le rimane. E non mi ha ancora pagata per il bucato!

SHEN TE Perché è tanto cattiva? (*Al pubblico*)

Non è una fatica
calpestare il prossimo? Le vene della fronte
si gonfiano nello sforzo della rapacità.
Tesa naturalmente
la mano dà e riceve con uguale agevolezza; invece,
quando avida afferra, si stanca. Ah,
che tentazione donare! Che dolcezza
essere gentili! Una buona parola
sfugge dalle labbra come un sospiro di benessere.

La Shin, furente, se ne va.

SHEN TE (*al bambino*) Siediti qui e aspetta che venga tuo padre.

Il bambino siede per terra. Dal cortile vengono i due coniugi attempati che Shen Te ha ospitato il giorno dell'inaugurazione del negozio. Ambedue trascinano grossi sacchi.

MOGLIE Sei sola, Shen Te? (*Shen Te annuisce. La moglie chiama il nipote, che arriva trascinando un altro sacco*). Dov'è tuo cugino?

SHEN TE È partito.

MOGLIE Tornerà?

SHEN TE No. Cedo il negozio.

MOGLIE Lo sappiamo. Per questo siamo venuti. Abbiamo qui un paio di sacchi di tabacco fresco e ti preghiamo di portarli nella tua nuova abitazione, insieme alle tue masserizie. Noi non sapremmo per il momento dove metterli, e per la strada dànno tanto nell'occhio. Non vedo come potresti negarci questa piccola cortesia, dopo tutti i guai che abbiamo passati nel tuo negozio.

SHEN TE Volentieri vi farò questa cortesia.

MARITO E se qualcuno ti chiede di chi sono, puoi dire che erano tuoi.

SHEN TE Chi potrebbe chiedermelo?

MOGLIE (*guardandola negli occhi*) La polizia, per esempio; ce l'hanno a morte con noi, vogliono rovinarci. Dove dobbiamo mettere i sacchi?

SHEN TE Non so, proprio in questo momento non vorrei far qualcosa che mi facesse andare in prigione.

MOGLIE C'era da aspettarselo. Cosí perderemo anche quei miseri sacchi di tabacco, tutto quel che abbiamo potuto salvare di ciò che avevamo!

Shen Te tace ostinatamente.

MARITO Pensa che con questo tabacco si potrebbero mettere le basi di una piccola manifattura. Tutto sta a incominciare.

SHEN TE Va bene, vi terrò i sacchi. Per ora li poseremo nel retrobottega.

Entra con loro. Il bambino li segue con gli occhi, poi, guardandosi intorno timoroso, va verso il bidone della spazzatura e incomincia a frugarvi dentro. Ne tira fuori qualcosa e mangia. Shen Te e gli altri tornano.

MOGLIE Tu capisci che ci fidiamo completamente di te.

SHEN TE Sí. (*Vede il bambino; il suo sguardo si fa disperato*).

MARITO Verremo a cercarti dopodomani nelle baracche del signor Shu Fu.

SHEN TE Andatevene, non mi sento bene. (*Li spinge via.*

I tre se ne vanno). Ha fame e va a frugare nella spazzatura!

Solleva tra le braccia il bambino e nel discorso seguente esprime il suo orrore per il destino dei bambini poveri, mostrando al pubblico la boccuccia nera del piccino. Afferma la propria determinazione a non lasciare che per nessun motivo il suo bambino sia trattato cosí crudelmente.

O figlio! O volatore! In che mondo nascerai?
Nella spazzatura vogliono che razzoli, anche tu?
(*Mostra il bambino*)
Guardate questo visino terreo! Come
potete trattare cosí i vostri simili? Nessuna compassione
sentite per il frutto delle vostre viscere? Nessuna pietà
di voi stessi, infelici? E allora
difenderò almeno il mio, dovessi usare
la ferocia d'una tigre. Sí, dal momento
che ho veduto questo, mi apparto
da tutti, né avrò pace
finché avrò salvato mio figlio, lui almeno!
Tutto quanto ho appreso alla mia scuola,
il rigagnolo, fra botte e menzogne, ora
sarà utile a te, figlio mio. Sarò
buona con te e con gli altri una tigre, una belva,
se è necessario. E lo è.

(*Mentre va a trasformarsi nel cugino*) Bisogna farlo ancora una volta. L'ultima, speriamo. (*Prende con sé i pantaloni di Shui Ta*).

Torna la Shin che la guarda incuriosita. Entrano la cognata e il nonno.

COGNATA Il negozio è chiuso, i mobili sono nel cortile. Ecco la conclusione!

SHIN Questo è il risultato della frivolezza, della sensualità e dell'egoismo! Dove si arriva, su questa strada? Giú giú, fino a voialtri, fino alle baracche del signor Shu Fu!

COGNATA Quanto a questo, avrà una bella sorpresa! Siamo venuti a protestare: topaie umide, pavimenti marci!

Il barbiere ce le ha offerte solo perché le sue provviste di sapone ci si ammuffivano. « Ho un rifugio per voi, che ne dite? » È una vergogna, ecco che ne diciamo.

Entra il disoccupato.

DISOCCUPATO È vero che Shen Te fa trasloco?

COGNATA Sí, voleva andarsene alla chetichella, perché nessuno venisse a saperlo.

SHIN È rovinata, e si vergogna.

DISOCCUPATO (*agitato*) Deve chiamare suo cugino! Ditele tutti di chiamare suo cugino! È la sola persona che ancora può fare qualche cosa!

COGNATA È vero! È abbastanza taccagno, ma almeno salverà il negozio e lei tirerà fuori qualcosa per noi.

DISOCCUPATO Non pensavo a noi, pensavo a lei. Ma ha ragione: chiamiamolo anche nel nostro interesse.

Entrano Wang e il falegname che tiene per mano due bambini.

FALEGNAME Davvero non so come ringraziarla. (*Agli altri*) Avremo un posto per abitare!

SHIN Dove?

FALEGNAME Nelle case del signor Shu Fu! Ed è stato il piccolo Feng che l'ha ottenuto. (*Vede Feng*) Ah, eccoti qui! Pare che la signorina Shen Te abbia detto: « C'è qualcuno che ha bisogno di un ricovero », ed ecco, ci trova subito un'abitazione. (*Ai due bambini*) Ringraziate vostro fratello, voi due! (*Il falegname e i due bambini s'inchinano allegramente davanti al bambino*) I nostri ringraziamenti, donatore di case!

Shui Ta è uscito dal retrobottega.

SHUI TA Posso chiedere che cosa volete tutti voi, qui?

DISOCCUPATO Il signor Shui Ta!

WANG Buongiorno, signor Shui Ta. Non sapevo che fosse tornato. Conosce il falegname Lin To, non è vero? La signorina Shen Te gli ha promesso un posto nelle casette del signor Shu Fu.

SHUI TA Le casette del signor Shu Fu non sono disponibili.

FALEGNAME Cosí non potremo andare ad abitarci?

SHUI TA No. Lo spazio è riservato ad altri scopi.

COGNATA Come? Vuol dire che anche noi dovremo andarcene?

SHUI TA (*stringendosi nelle spalle*) A quanto ne so io, la signorina Shen Te, che ora è partita, non ha l'intenzione di negarvi il suo aiuto. Comunque, per l'avvenire le cose saranno sistemate in maniera piú ragionevole. Non avrete piú nutrimento senza un corrispettivo di lavoro. In cambio, ognuno di voi avrà modo di migliorare il proprio stato in forma dignitosa. La signorina Shen Te ha deciso di dare lavoro a tutti. Chi vorrà seguirmi nelle baracche del signor Shu Fu, non sarà lasciato andare allo sbaraglio.

COGNATA Sarebbe a dire che d'ora in poi dovremo tutti lavorare per Shen Te?

SHUI TA Sí. Lavorerete il tabacco. Nel retrobottega ci sono tre sacchi di merce. Andate a prenderli.

COGNATA Non dimentichi che anche noi eravamo padroni di un negozio. Preferiamo lavorare per nostro conto. Abbiamo il nostro tabacco.

SHUI TA (*al disoccupato e al falegname*) E voi, avete voglia di lavorare per Shen Te, dato che di tabacco non ne avete?

Il falegname e il disoccupato, con aria abbattuta, entrano nel retrobottega. Sopraggiunge la padrona di casa.

PADRONA DI CASA Dunque, signor Shui Ta, a che punto siamo con la vendita? Ecco i trecento dollari.

SHUI TA Signora Mi Tzü, ho deciso di non vendere e di firmare il contratto d'affitto.

PADRONA DI CASA Come? Tutt'a un tratto non le servono piú i denari per l'aviatore?

SHUI TA No.

PADRONA DI CASA E ha i soldi per l'affitto?

SHUI TA (*prende dal carretto l'assegno del barbiere e lo riempie*) Ecco un assegno per diecimila dollari d'argento, firmato dal signor Shu Fu che si interessa agli affari di mia cugina. Controlli, signora Mi Tzü. I duecento dollari per il prossimo trimestre saranno nelle sue mani prima delle diciotto. E ora, signora Mi Tzü, mi permetta di continuare il mio lavoro. Oggi sono molto occupato. Voglia scusarmi.

PADRONA DI CASA Vedo vedo: il signor Shu Fu prende il posto dell'aviatore! Diecimila dollari d'argento! Comunque, signor Shui Ta, mi meraviglio delle ragazze d'oggi. Sono volubili e superficiali, signor Shui Ta. (*Esce*).

Entrano il falegname e il disoccupato trascinando i sacchi.

FALEGNAME Non so perché dovrei portare i suoi sacchi.

SHUI TA Basta che lo sappia io. Suo figlio, signor Lin To, ha un ottimo appetito e vuol mangiare.

COGNATA (*vedendo i sacchi*) È stato qui mio cognato?

SHUI TA Sí.

COGNATA Lo sapevo. Conosco quei sacchi. È il nostro tabacco!

SHUI TA Meglio non dirlo forte. Questo tabacco è mio, come può constatarlo dal fatto che stava nel mio retrobottega. Se avesse dei dubbi, andiamo pure alla polizia e mettiamo le cose in chiaro. È questo che vuole?

COGNATA (*furiosa*) No.

SHUI TA Pare dunque che lei non possegga tabacco di sua proprietà. Forse in queste condizioni vorrà accettare la mano soccorrevole che le porge la signorina Shen Te? Sia ora cosí gentile da indicarmi la strada per andare alle case del signor Shu Fu.

Tenendo per mano il bambino minore del falegname, Shui Ta esce, seguito dal falegname con gli altri suoi bambini, dal disoccupato, dalla cognata e dal nonno. Il falegname, la cognata e il nonno trascinano via i sacchi.

WANG Lui è un uomo cattivo, ma Shen Te è buona.

SHIN Non so. Dal bucato manca un paio di pantaloni e il cugino li porta addosso. C'è sotto qualche cosa. Ma vorrei saper cosa, di preciso.

Entrano i due vecchietti.

VECCHIETTO Non è qui la signorina Shen Te?

SHIN (*elusiva*) Partita!

VECCHIETTA Strano, doveva portarci una cosa.

WANG (*guardandosi la mano, tristemente*) Voleva aiutare anche me. La mano mi diventa rigida, ormai. Sono sicuro che tornerà presto. Il cugino non si è mai trattenuto a lungo.

SHIN Proprio cosí, non è vero?

Intermezzo: giaciglio notturno di Wang.

Musica. In sogno, l'acquaiolo confida agli dèi i propri timori. Gli dèi non hanno ancora terminato le loro lunghe peregrinazioni. Hanno l'aspetto stanco. Sostano un momento e volgono indietro la testa verso l'acquaiolo.

WANG Prima che la vostra comparsa mi destasse, o altissimi, stavo sognando che la mia cara sorella Shen Te era in grande desolazione nel canneto del fiume, dove vanno a finire i cadaveri dei suicidi. Barcollava in strano modo, a testa bassa, come se trasportasse qualcosa di molle ma di pesante, che la spingeva nel fango. Al mio richiamo rispose che doveva portare il carico dei comandamenti sull'altra sponda senza bagnarlo, per non cancellare la scrittura. In realtà non vedevo che portasse niente sulle spalle, ma con spavento mi sono ricordato che voi, gli dèi, le avevate parlato delle grandi virtú per ringraziarla di avervi accolto quando eravate in difficoltà, o mia vergogna! Sono certo che comprenderete le mie preoccupazioni per lei.

TERZO DIO Che cosa proponi?

WANG Qualche comandamento di meno, o altissimi! Solo per alleggerire il peso del fardello, visto che i tempi sono cosí difficili.

TERZO DIO E come sarebbe, Wang, come sarebbe?

WANG Per esempio, sarebbe meglio richiedere soltanto la bontà e non l'amore...

TERZO DIO Ma, infelice, sarebbe ancora piú difficile!

WANG Oppure l'equità invece della giustizia.

TERZO DIO Ma vorrebbe dire piú lavoro!

WANG Allora soltanto il decoro invece dell'onore.

TERZO DIO Ma è chiedere di piú e non di meno, uomo di poca fede!

Stanchi, gli dèi riprendono il cammino.

VIII.

La fabbrica di tabacco di Shui Ta.

Nelle baracche del barbiere Shu Fu, Shui Ta ha installato una piccola manifattura di tabacchi. Dietro un'inferriata si accalcano, in uno spaventoso pigia-pigia, alcune famiglie, composte per la maggior parte di donne e bambini: tra gli altri, la cognata, il nonno, il falegname e i suoi bambini. Davanti all'inferriata entra la signora Yang, seguita da suo figlio Sun.

SIGNORA YANG (*al pubblico*) Devo raccontarvi come la saggezza e la fermezza del signor Shui Ta, uomo universalmente stimato, hanno trasformato mio figlio Yang Sun, da quello sciagurato che era, in un uomo utile a sé e agli altri. Tutto il quartiere ha saputo che il signor Shu Fu ha aperto, nei pressi del suo cortile rustico, una piccola ma fiorente manifattura di tabacchi. Tre mesi fa, dovetti andare a trovare Shui Ta con mio figlio. Dopo una breve attesa, egli mi ricevette.

Shui Ta esce dalla fabbrica e va incontro alla signora Yang.

SHUI TA Che cosa posso fare per lei, signora Yang?

SIGNORA YANG Signor Shui Ta, vorrei mettere una parola buona tra lei e mio figlio. Questa mattina è stata da noi la polizia e abbiamo saputo che lei ci ha denunciati a nome della signorina Shen Te, per rottura della promessa di matrimonio e per appropriazione indebita di duecento dollari d'argento.

SHUI TA Esatto, signora Yang.

SIGNORA YANG Signor Shui Ta, per amor degli dèi, non potrebbe mostrarsi generoso ancora una volta? I soldi sono sfumati. Sun se li è mangiati in due giorni, quando ha visto che doveva rinunciare alla speranza di volare. So che è un buono a nulla. Aveva già venduto i miei mobili e voleva andare a Pechino senza la sua vecchia mamma. (*Piange*). La signorina Shen Te un tempo aveva molta stima di lui.

SHUI TA Avete qualche cosa da dire, signor Yang Sun?

SUN (*cupo*) Non ho piú il denaro.

SHUI TA Signora Yang, ricordando l'inspiegabile debolezza di mia cugina verso questo vostro figlio depravato, sono disposto ad offrirgli ancora una possibilità di salvezza. Shen Te mi ha detto che il lavoro onesto dovrebbe produrre in lui un miglioramento. Posso dargli un posto nella mia fabbrica; i duecento dollari verranno dedotti un po' per volta dal suo salario.

SUN Cosí, o fabbrica o gattabuia?

SHUI TA Puoi scegliere.

SUN E con Shen Te, non si può parlare?

SHUI TA No.

SUN Dov'è il mio posto?

SIGNORA YANG Mille grazie, signor Shui Ta, lei è infinitamente buono. Gli dèi gliene renderanno merito. (*A Sun*) Ti eri allontanato dalla retta via. Ora, cerca di abituarti a un lavoro onesto, devi poter guardare tua madre in faccia!

Sun segue Shui Ta nella fabbrica.

SIGNORA YANG (*torna alla ribalta*) Le prime settimane furono difficili, per Sun. Il lavoro non gli andava giú e non si dimostrava molto brillante. Ma la terza settimana, un piccolo incidente venne in suo aiuto.

Sun e l'ex falegname Lin To escono dalla fabbrica, trascinando ognuno due sacchi di tabacco.

EX FALEGNAME (*si ferma ansimante e si siede su un sacco*) Non ne posso piú. Non son piú abbastanza giovane per far questo lavoro.

SUN (*sedendosi anche lui su un sacco*) Perché non gli getti in faccia la sua roba?

EX FALEGNAME E come vivremmo? Per arrivare a sfamarci, mi tocca far lavorare anche i bambini. Se la signorina Shen Te ci vedesse! Lei era buona.

SUN Non era delle peggiori. Se le circostanze non fossero state cosí disastrose, si sarebbe andati bene insieme. È meglio che tiriamo avanti con questa roba: di solito, a quest'ora capita lui. (*Si alzano. Sun vede Shui Ta che si avvicina*) Dammi uno dei tuoi sacchi, impiastro che sei! (*Si carica sulle spalle anche uno dei sacchi di Lin To*).

EX FALEGNAME Grazie mille! Se *lei* fosse qui e vedesse come aiuti un povero vecchio, saresti subito in auge. Oh certo!

Entra Shui Ta.

SIGNORA YANG (*al pubblico*) Naturalmente, il signor Shui Ta vide subito che cos'è un buon lavoratore che non si scansa davanti alla fatica, e intervenne.

SHUI TA Fermi, voi! Cosa succede? Perché porti solo un sacco?

EX FALEGNAME Oggi ero un poco stanco, signor Shui Ta, e Yang Sun è stato tanto gentile da...

SHUI TA Torna indietro subito a prendere tre sacchi, amico. Se Yang Sun riesce a portarli, puoi portarli anche tu. Yang Sun ha buona volontà e tu non ne hai per niente.

SIGNORA YANG (*al pubblico, mentre l'ex falegname prende altri due sacchi*) Naturalmente, a Sun non una parola, ma il signor Shui Ta si era già fatto un'idea. Il sabato dopo, al momento della paga...

Viene portato un tavolo e Shui Ta arriva con un sacchetto di monete. In piedi, accanto al soprastante – l'ex disoccupato – distribuisce i salari. Sun si avvicina al tavolo.

SOPRASTANTE Yang Sun, sei dollari d'argento.

SUN Mi scusi, devono essere cinque. Solo cinque dollari d'argento. (*Prende la lista che il soprastante tiene in mano*) Guardi, per favore, qui sono segnati sei giorni di lavoro, ma è un errore. Sono stato assente un giorno per certi affari in tribunale. (*In tono ipocritamente virtuoso*) Non voglio niente di piú di quanto mi spetta, per quanto misero sia il salario!

SOPRASTANTE Va bene, cinque dollari. (*A Shui Ta*) Un caso raro, signor Shui Ta!

SHUI TA Come è possibile che siano stati segnati sei giorni, se erano solo cinque?

SOPRASTANTE Devo essermi sbagliato io, signor Shui Ta. (*A Sun, freddo*) Non accadrà un'altra volta.

SHUI TA (*prendendo Sun in disparte*) Ho già avuto occasione di osservare che lei è un tipo robusto e che non risparmia le forze quando è per il bene dell'azienda. Oggi vedo che è anche onesto. Succede spesso che il soprastante commetta errori a svantaggio della ditta?

SUN Ha degli amici fra gli operai: lo considerano come uno dei loro.

SHUI TA Capisco. Un servizio ne vale un altro. Vuole una gratifica?

SUN No. Ma mi permetta di farle notare che sono anche una persona intelligente. Ho avuto una discreta istruzione, sa. Il soprastante è molto ben disposto verso i dipendenti, ma ignorante com'è, non può capire le esigenze aziendali. Mi dia un periodo di prova di una settimana, signor Shui Ta; credo di poterle dimostrare che la mia intelligenza può essere piú utile alla ditta della mia forza fisica.

SIGNORA YANG (*al pubblico*) Furono parole audaci, ma quella sera dissi a mio figlio: «Sun, sei un aviatore: dimostra che anche nella tua condizione attuale, sai elevarti al disopra degli altri! Vola, falchetto mio!» E, realmente, intelligenza e istruzione possono fare grandi cose! Come si potrebbe appartenere, senza di esse, ai ceti piú distinti? Mio figlio ha operato veri prodigi nella fabbrica del signor Shui Ta!

Sun sta piantato sulle due gambe dietro gli operai che si passano l'un l'altro, sopra le teste, una cesta piena di tabacco da concia.

SUN Ehi, voi! Questo non è lavorare onestamente! La cesta ha da muoversi piú in fretta! (*A un bambino*) Siediti per terra, cosí non occupi tanto posto! E tu, laggiú, sí, proprio tu, non prendertela tanto calma! Maledetti poltroni, per che cosa credete che vi paghiamo? Forza, con quella cesta! Al diavolo! Togliete il nonno di lí, mettetelo a sbriciolare con i bambini! Basta! Si è già perso troppo tempo, qui! Tutti a tempo con me! (*Batte il tempo con le mani e la cesta si muove piú rapida*).

SIGNORA YANG E né rappresaglie, né insulti che potessero venirgli – e in realtà gli venivano – da parte di gente ignorante, trattennero mio figlio dal compiere il suo dovere.

Uno degli operai intona la *Canzone dell'ottavo elefante* e gli altri cantano il ritornello in coro.

CANZONE DELL'OTTAVO ELEFANTE.

Aveva il signor Tshin sette elefanti
e in piú c'era l'ottavo.
Sette selvaggi, l'ottavo domato;
e l'ottavo faceva il sorvegliante.
Piú in fretta pestate!
Possiede il signor Tshin una foresta;
prima di notte dobbiamo spianarla
e la notte vien presto!

E il bosco spianano i sette elefanti,
e il signor Tshin cavalca l'ottavo.
Dal mattino alla sera i sette sudano
e l'ottavo sta pigro a guardare.
Piú presto scavate!
Possiede il signor Tshin una foresta;
prima di notte dobbiamo spianarla
e la notte vien presto!

Non voglion piú saperne gli elefanti
di abbattere e spianare.
Furente li maltratta il signor Tshin
e all'ottavo dà un mastello di riso.
Che avviene?
Possiede il signor Tshin una foresta;
prima di notte dobbiamo spianarla
e la notte vien presto!

Sette elefanti non avevan le zanne,
solo l'ottavo era armato.
E l'ottavo dava giú su quei sette sempre piú
e il signor Tshin se la rideva beato.
Avanti a scavare!
Possiede il signor Tshin una foresta;
prima di notte dobbiamo spianarla
e la notte vien presto!

Shui Ta, fumando un sigaro, è venuto avanti lemme lemme verso la ribalta. Al terzo ritornello Sun, ridendo, si è unito ai cantori e durante l'ultima strofa affretta il ritmo battendo le mani.

SIGNORA YANG Davvero, non saremo mai abbastanza riconoscenti al signor Shui Ta. Quasi senza muovere un dito, solo usando fermezza e saggezza, è riuscito a portare alla luce tutte le buone qualità nascoste di Sun. Niente promesse fantastiche, come gli aveva fatto quella sua tanto decantata cugina, ma solo l'obbligo di un onesto lavoro. Oggi, Sun è un tutt'altro uomo che tre mesi fa, dovete ammetterlo. « L'uomo nobile è come una campana, se la tocchi risuona, e se non la tocchi sta zitta », come dicevano gli antichi.

IX.

La tabaccheria.

Il negozio è diventato un ufficio con poltrone di cuoio e tappeti di pregio. Piove. Shui Ta, ingrassato, sta congedando il vecchio negoziante di tappeti e sua moglie. La vedova Shin, vestita vistosamente a nuovo, sta a guardare con aria divertita.

SHUI TA Sono spiacente, ma non so dirvi quando tornerà.

VECCHIETTA Oggi abbiamo ricevuto una lettera con i duecento dollari che le avevamo prestato. Non portava l'indirizzo del mittente, ma certo la lettera veniva da Shen Te. Vorremmo scriverle: qual è il suo indirizzo?

SHUI TA Mi dispiace, non so neanche questo.

VECCHIETTO Andiamocene.

VECCHIETTA Un giorno o l'altro dovrà pur ritornare.

Shui Ta s'inchina. I due vecchietti se ne vanno perplessi e inquieti.

SHIN Hanno ricevuto il denaro troppo tardi. Ormai avevano già dovuto vendere il negozio perché non hanno potuto pagare le tasse.

SHUI TA E perché non sono venuti da me?

SHIN La gente non viene volentieri da lei. Prima hanno aspettato il ritorno di Shen Te perché non avevano niente di scritto. Poi, al momento critico, il vecchio è stato preso da una gran febbre e la moglie gli è rimasta vicino giorno e notte.

SHUI TA (*deve sedersi perché si sente male*) Mi gira ancora la testa!

SHIN (*si dà d'attorno*) È al settimo mese! Non ha bisogno di emozioni. Può dirsi fortunata di avermi vicino. Nessuno può cavarsela senza l'aiuto del prossimo. Be', nei giorni difficili ci sarò io al suo fianco. (*Ride*).

SHUI TA (*debole*) Posso contarci, signora Shin?

SHIN E come. Le costerà qualche cosetta, si capisce. Slacci il colletto, si sentirà piú libera.

SHUI TA (*gemente*) È tutto per il bambino, signora Shin.

SHIN Tutto per il bambino.

SHUI TA Sto ingrassando troppo in fretta. Darò nell'occhio.

SHIN Lo spiegano con la sua ricchezza.

SHUI TA E che ne sarà del piccolo?

SHIN Me lo chiede tre volte al giorno! Lo metteremo a balia, nel posto migliore che si possa trovare pagando.

SHUI TA Già. (*Ansiosamente*) E non dovrà mai vedere Shui Ta.

SHIN Mai. Sempre Shen Te.

SHUI TA Ma i pettegolezzi che girano nel quartiere! L'acquaiolo con le sue chiacchiere! Tutti tengono gli occhi addosso a questo negozio!

SHIN Finché il barbiere non viene a saperlo, non c'è da aver paura. Beva un sorso d'acqua.

Entra Sun, vestito elegantemente e con la cartella dell'uomo d'affari sotto il braccio. Vede con sorpresa Shui Ta nelle braccia della Shin.

SUN Disturbo?

SHUI TA (*alzandosi con sforzo e andando verso la porta, barcollante*) A domani, signora Shin!

La Shin, infilandosi i guanti, sorride e va via.

SUN Guanti? Quando, perché, come? Spillando quattrini a lei, forse? (*Shui Ta non risponde*). Anche lei dunque è capace di teneri sentimenti! Che buffo! (*Prende un foglio dalla busta*) Comunque, da qualche tempo lei è un po' giú di corda, certo non all'altezza di prima. Cattivo umore, indecisione: è ammalato, forse? Gli affari ne risentono. Ecco qua un altro papiro della polizia: vogliono chiuderci la fabbrica. Dicono che al massimo possono consentirci per ogni ambiente il doppio del numero di operai ammessi per legge. Deve decidersi a fare qualcosa, signor Shui Ta!

Shui Ta lo guarda un momento, distrattamente. Poi va nel ripostiglio e ne torna con un sacchetto, ne estrae un cappello duro, nuovo, e lo getta sulla scrivania.

SHUI TA La ditta desidera che i suoi rappresentanti siano vestiti decorosamente.

SUN Ma l'ha comprato per me?

SHUI TA (*indifferente*) Lo provi, vediamo se le va bene.

Sun con aria stupita si mette il cappello. Shui Ta lo guarda e glielo aggiusta in testa.

SUN Obbligatissimo! Ma non cambi sempre discorso. Oggi deve discutere il nuovo progetto col barbiere.

SHUI TA Il barbiere esige condizioni impossibili.

SUN Mi vuol dire una buona volta quali sono queste condizioni?

SHUI TA (*evasivo*) Le baracche vanno bene cosí come sono.

SUN Sí, vanno bene per la marmaglia che ci lavora dentro, ma non per il tabacco. Soffre l'umidità. Prima dell'appuntamento, voglio andare dalla Mi Tzü e parlarle dei suoi locali. Se riusciamo ad averli, potremo mandare al diavolo quel branco di straccioni, di aborti e di spaventapasseri ambulanti. Ci vorrà ben altro! Mentre prenderemo il tè, palpeggerò un poco le grasse ginocchia della Mi Tzü, e avremo i locali a metà prezzo.

SHUI TA (*tagliente*) Niente affatto. Per la buona reputazione della ditta, desidero che il suo comportamento sia riservato ed eviti i motivi personali.

SUN Perché si agita cosí? Le dànno fastidio i pettegolezzi del quartiere?

SHUI TA I pettegolezzi non m'interessano.

SUN Allora sarà la pioggia. Quando piove, lei diventa sempre nervoso e malinconico. Vorrei proprio sapere perché.

VOCE DI WANG (*da fuori*)
Gente, ho acqua, acqua da vendere,
alla pioggia sto in attesa

e son corso, corso a prendere
l'acqua fresca che non vendo.
Gente, io grido, acqua, compratela!
Ma non giunge qui nessuno
assetato, moribondo
per sorbir l'acqua e pagarla.

SUN È quel maledetto acquaiolo. Ora ricomincerà subito a spargere zizzania.

VOCE DI WANG (*da fuori*) Non ci sono piú dunque anime buone in questa città? Nemmeno in questa piazza dove abitava la buona Shen Te? Dov'è colei che tanti mesi fa, nella letizia del suo cuore, seppe comprare un bicchierino d'acqua anche sotto la pioggia? Dov'è ora? Nessuno l'ha veduta? Nessuno ha sentito parlare di lei? È entrata una sera in questa casa per non uscirne mai piú.

SUN Devo chiudergli il becco, una buona volta? Che gliene importa di sapere dov'è? Tra l'altro credo che lei (*a Shui Ta*) tenga il segreto solo perché non lo sappia io.

WANG (*entrando*) Signor Shui Ta, ancora una volta le chiedo dov'è sua cugina e quando tornerà. Ormai sono passati sei mesi da quando è partita. (*Shui Ta tace*). Nel frattempo qui sono successe cose che la signorina non avrebbe mai permesso. (*Shui Ta continua a tacere*). Signor Shui Ta, nel quartiere si mormora, si dice che a Shen Te dev'essere accaduto qualche cosa. Noi, suoi amici, siamo in grande angoscia. Sia buono, ci dia il suo indirizzo!

SHUI TA Spiacente, in questo momento sono occupato. Torni la settimana prossima, signor Wang.

WANG (*eccitato*) Un'altra cosa ha destato impressione: da qualche mattina, davanti alla sua porta, c'è di nuovo il riso che Shen Te soleva distribuire ai poveri!

SHUI TA Che cosa vorrebbe dire?

WANG Per noi vuol dire che Shen Te non è partita!

SHUI TA E allora? (*Wang tace*). Allora le risponderò, una volta per sempre. Per sempre, capisce? Se lei è veramente amico di Shen Te, signor Wang, non faccia domande sulla sua assenza. Questo è il mio consiglio.

WANG Bel consiglio! Signor Shui Ta, sua cugina prima di scomparire mi ha confidato di essere incinta!

SUN Cosa?

SHUI TA (*subito*) È una bugia!

WANG (*molto seriamente a Shui Ta*) Signor Shui Ta, non creda che gli amici di Shen Te smetteranno di fare domande sul suo conto. Un'anima buona non si dimentica facilmente. Ce ne sono cosí poche! (*Via*).

Shui Ta lo guarda andarsene, poi si ritira subito nel ripostiglio.

SUN (*al pubblico, come trasformato*) Shen Te incinta! Sono fuori di me! Mi hanno messo nel sacco. Evidentemente lei lo ha detto subito a suo cugino, e quel maiale l'ha spedita via immediatamente. «Fa' la valigia e scompari, prima che il padre del bambino venga a saperlo!» È un modo di agire inumano. Ho un figlio, un Yang compare sulla superficie terrestre, e che cosa succede? La ragazza sparisce e io sto qui a sgobbare. (*S'imbestialisce*) Mi si liquida con un cappello! (*Lo calpesta*) Criminale! Brigante! Ladro di bambini! E in realtà la ragazza non ha chi la protegga. (*Dal ripostiglio si ode singhiozzare. Sun si ferma di colpo*) Non erano dei singhiozzi? Chi può essere? Non si sente piú nulla. Chi può singhiozzare nel ripostiglio? Quel porco matricolato di Shui Ta, no di certo. E cosa significa che sulla porta ogni mattina c'è il riso? Che la ragazza sia ancora qui? Che lui la tenga nascosta? Chi altro potrebbe singhiozzare? Gliela farei vedere io! Devo scovarla assolutamente, se è incinta davvero!

Shui Ta esce dal ripostiglio, va alla porta e guarda la pioggia che cade.

SUN Allora? Dov'è?

SHUI TA (*alza la mano e sta in ascolto*) Un momento. Sono le nove. Oggi però non si sente niente. Piove troppo forte.

SUN (*ironicamente*) Che cosa vuol sentire?

SHUI TA L'aereo postale.

SUN Non faccia lo spiritoso.

SHUI TA Una volta ho sentito dire che a lei piace volare. La cosa non la interessa piú?

SUN Non ho da lagnarmi della mia posizione, se è questo che intende. E non sono entusiasta del lavoro notturno, sa? E l'aviazione postale significa lavoro notturno. Ormai, in un certo senso, sono affezionato alla ditta. Dopo tutto è sempre la ditta della mia ex futura, anche se è partita. Ma è partita?

SHUI TA Perché lo domanda?

SUN Forse perché non riesco ancora a disinteressarmi del tutto di quello che la riguarda.

SHUI TA Questo potrebbe significare qualcosa per mia cugina.

SUN In ogni caso, le sue faccende mi preoccupano abbastanza perché non stia a occhi chiusi se, per esempio, fosse sequestrata.

SHUI TA E da chi?

SUN Da lei.

Pausa.

SHUI TA Che cosa farebbe, in tal caso?

SUN Per cominciare, potrei rimettere in discussione il mio posto nella ditta.

SHUI TA Ah, vedo. E se la ditta, cioè io stesso, le offrissi un posto adeguato, potrei avere la sicurezza che lei rinuncerebbe ad ogni ulteriore indagine per quel che concerne la sua ex futura?

SUN Forse.

SHUI TA E come vede lei il suo nuovo posto nella ditta?

SUN Come il piú alto. Penserei, per esempio, a buttar fuori lei.

SHUI TA E se fosse la ditta a buttar fuori lei?

SUN Probabilmente mi vedrebbe tornare. Ma non solo.

SHUI TA Cioè?

SUN Con la polizia.

SHUI TA Va bene. Supponiamo che la polizia non trovi niente qui?

SUN Allora è probabile che perquisirebbero il ripostiglio. Signor Shui Ta, non posso piú reprimere il mio desiderio per la donna del mio cuore. Sento che dovrò fare qualunque cosa per stringerla ancora tra le mie braccia. (*Calmo*) È incinta e ha bisogno di aver vicino un essere umano. Devo parlarne all'acquaiolo. (*Via*).

Shui Ta lo guarda uscire, immobile. Poi torna rapidamente nel ripostiglio e ne esce con vari oggetti personali di Shen Te: biancheria, vestiti, arnesi da toeletta. Contempla a lungo lo scialle che Shen Te ha comprato dai due vecchietti, poi fa un fagotto di tutte queste cose e, sentendo rumore, lo nasconde sotto il banco. Entrano la padrona di casa e il signor Shu Fu. Salutano Shui Ta e depongono in un angolo ombrelli e galosce.

PADRONA DI CASA L'autunno si avvicina, signor Shui Ta.

SHU FU Una stagione malinconica!

PADRONA DI CASA E dov'è l'affascinante procuratore? Che terribile dongiovanni! Ma certo lei non lo conosce sotto questo aspetto. Comunque, sa unire il suo fascino ai doveri d'ufficio, e questo a tutto vantaggio della ditta.

SHUI TA (*inchinandosi*) Si accomodino, prego. (*Siedono e incominciano a fumare*). Amici miei, un incidente imprevisto, e suscettibile di certe conseguenze, mi obbliga a sollecitare le trattative che avevo iniziate circa il futuro della mia impresa. Signor Shu Fu, la mia manifattura è in difficoltà.

SHU FU Come sempre.

SHUI TA Ma in questo momento la polizia minaccia di chiuderla, se io non proverò che sono in corso trattative per un nuovo progetto. Signor Shu Fu, si tratta dell'unica proprietà di mia cugina, per la quale ella ha sempre dimostrato un vivo interesse.

SHU FU Signor Shui Ta, provo una viva ripugnanza a discutere di questi suoi progetti che si espandono sempre piú. Parlo di una cenetta con sua cugina, e lei mi discorre di difficoltà finanziarie. Metto a disposizione di sua cugina case per i senzatetto, e lei ci mette dentro una fabbrica. Firmo un assegno per sua cugina, ed è lei ad incassarlo. Sua cugina sparisce e lei mi chiede centomila dollari, col pretesto che le mie case sono troppo ristrette. Signore: dov'è sua cugina?

SHUI TA Non si preoccupi, signor Shu Fu. Oggi posso informarla che mia cugina tornerà prestissimo.

SHU FU Prestissimo, quando? Sono settimane che lei mi ripete «prestissimo».

SHUI TA Non le ho chiesto altre firme. Le ho semplicemente domandato se il ritorno di mia cugina desterebbe il suo interesse per il mio progetto.

SHU FU Le ho detto mille volte che sono disposto a discutere qualunque cosa con sua cugina e niente con lei. Ma si direbbe che lei voglia frapporre ostacoli a tale discussione.

SHUI TA Ora non piú.

SHU FU Allora, quando potrà aver luogo?

SHUI TA (*incerto*) Fra tre mesi.

SHU FU (*con ira*) Allora firmerò fra tre mesi.

SHUI TA Ma si dovranno fare molti preparativi.

SHU FU Può fare tutti i preparativi che vuole, Shui Ta, se è convinto che questa volta sua cugina arriverà davvero.

SHUI TA Signora Mi Tzü, da parte sua è disposta ad affermare davanti alla polizia che potrò avere i suoi locali per la fabbrica?

PADRONA DI CASA Certo, se lei mi cederà il suo procuratore. Questa è la mia condizione, e lei la conosce da parecchie settimane. (*A Shu Fu*) Quel giovinotto è cosí abile negli affari; e io ho bisogno di un amministratore.

SHUI TA Deve capire che non posso fare a meno del signor Yang Sun proprio ora che la fabbrica passa un momento difficile e da un po' di tempo la mia salute lascia a desiderare. Ero disposto fin dal principio a cederglielo, ma...

PADRONA DI CASA Ma?

Pausa.

SHUI TA Va bene. Domani Sun si presenterà nel suo ufficio.

SHU FU Sono lieto che lei si sia deciso a questo passo, Shui Ta. Se veramente la signorina Shen Te dovesse tornare, la presenza di quel giovinotto sarebbe altamente fuor di luogo. Sappiamo tutti come un tempo egli abbia esercitato su di lei un'influenza deleteria.

SHUI TA (*inchinandosi*) Senza dubbio. Vogliano scusare le mie lunghe esitazioni, sia nei riguardi di mia cugina Shen Te che del signor Yang Sun. Non è stato un atteggiamento degno di un uomo d'affari. Ma quelle due persone un tempo erano molto unite.

PADRONA DI CASA È scusato.

SHUI TA (*guardando verso la porta*) Amici miei, dobbiamo venire a una decisione. In questo negozio, un tempo piccolo e misero, dove la povera gente del quartiere comprava il tabacco della buona Shen Te, noi, suoi amici, decidiamo di aprire dodici grandi negozi nei quali si venderà il *buon* tabacco di Shen Te. A quanto mi si dice, oggi il popolino mi chiama il re del tabacco del Sezuan. In realtà, io ho condotto quest'impresa nel solo ed unico interesse di mia cugina. Tutto apparterrà a lei, ai suoi figli e ai figli dei suoi figli.

Da fuori si ode rumoreggiare una folla. Entrano Sun, Wang e il poliziotto.

POLIZIOTTO Signor Shui Ta, sono dolente di comunicarle che lo stato di eccitazione dell'intero quartiere mi costringe a dar corso a una denuncia, proveniente dalla sua stessa azienda, che la accusa di aver privato della libertà individuale sua cugina, signorina Shen Te.

SHUI TA Non è vero.

POLIZIOTTO Il signor Sun afferma di avere udito dei singhiozzi provenienti dal ripostiglio attiguo a questo ufficio, e che non poteva trattarsi che di una donna.

PADRONA DI CASA È ridicolo! Io e il signor Shu Fu, rispettabili cittadini, la cui testimonianza non può esser messa in dubbio dalla polizia, affermiamo che qui non si è udito alcun singhiozzo. Stiamo fumando tranquillamente i nostri sigari, come vede.

POLIZIOTTO Purtroppo ho l'incarico di perquisire il locale in questione.

Shui Ta apre la porta. Il poliziotto fa un inchino e varca la soglia. Guarda nella camera, poi si volta e sorride.

POLIZIOTTO Qui effettivamente non c'è anima viva.

SUN (*che lo ha seguito*) Ma io ho udito dei singhiozzi! (*Il suo sguardo si posa sul banco, sotto il quale è nascosta la roba di Shen Te. Sun vede il fagotto e corre ad afferrarlo*) Questo prima non c'era! (*Apre e fa vedere gli indumenti di Shen Te*).

WANG È la roba di Shen Te! (*Corre alla porta e grida*) Hanno trovato i suoi vestiti!

POLIZIOTTO (*prendendo gli oggetti*) Lei dichiara che sua cugina è partita e sotto questo tavolo si scopre un fagotto contenente oggetti personali della signorina. Dove possiamo raggiungerla, signor Shui Ta?

SHUI TA Non conosco il suo indirizzo.

POLIZIOTTO Questo è molto spiacevole.

GRIDA DI FOLLA Si è trovata la roba di Shen Te! Il re del tabacco ha assassinato la ragazza e fatto sparire il cadavere!

POLIZIOTTO Signor Shui Ta, devo pregarla di seguirmi al commissariato.

SHUI TA (*inchinandosi alla padrona di casa e a Shu Fu*) Devo chiedere scusa per questo incidente, amici miei. Ma ci sono ancora dei giudici nel Sezuan e sono sicuro che in breve tutto sarà chiarito. (*Esce, seguito dal poliziotto*).

WANG È stato commesso un delitto orribile!

SUN (*sconvolto*) Ma io, i singhiozzi, li ho sentiti!

Intermezzo: giaciglio notturno di Wang.

Musica. Gli dèi appaiono per l'ultima volta all'acquaiolo. Il loro aspetto è molto mutato: essi portano i segni inconfondibili di un lungo peregrinare, di una profonda stanchezza e di molte tristi esperienze. A uno è stato fatto saltar via il cappello, un altro ha perso una gamba in una tagliola; tutti e tre sono scalzi.

WANG Finalmente siete tornati! Succedono cose tremende, o altissimi, nel negozio di Shen Te! Lei è di nuovo partita da parecchi mesi, e suo cugino si è preso tutto! Oggi lo hanno arrestato. Lo accusano di averla assassinata per impadronirsi del negozio; ma io non lo credo. Ho fatto un sogno nel quale Shen Te mi è apparsa e mi ha detto che suo cugino la tiene prigioniera. Oh, altissimi, tornate subito e cercatela!

PRIMO DIO È spaventevole. Tutta la nostra spedizione è stata un fallimento. Gente buona ne abbiamo trovata poca, e quei pochi vivevano in modo indegno di esseri umani. Avevamo già deciso di accontentarci di Shen Te.

SECONDO DIO Se però è ancora buona!

WANG Buona lo è di certo, ma è sparita!

PRIMO DIO Allora tutto è perduto.

SECONDO DIO Cerca di controllarti!

PRIMO DIO A che serve controllarsi? Se non la ritroviamo, dovremo dimetterci. Che mondo abbiamo trovato! Nient'altro che miseria, sudiciume e volgarità. Perfino il paesaggio ci ha delusi: gli alberi piú belli sono decapitati da fili di ferro, al di là delle montagne si vedono grandi nuvole di fumo nero e si sente il rombo dei cannoni. E mai un'anima buona che riesca a cavarsela!

TERZO DIO Ahimè, acquaiolo, i nostri comandamenti sono micidiali, a quanto pare! Temo non rimanga che tirare un frego sopra tutte le nostre massime morali. La gente è troppo occupata a cercare di salvarsi almeno la pelle. Le buone intenzioni li portano sull'orlo dell'abisso, e le opere buone ve li precipitano dentro. (*Agli altri due dèi*) Il mondo è inabitabile, dovete convenirne!

SECONDO DIO (*veemente*) No, sono gli uomini che non meritano nulla!

TERZO DIO Perché il mondo è troppo freddo!

SECONDO DIO Perché gli uomini sono troppo deboli!

PRIMO DIO Dignità, carissimi, dignità! Fratelli, non disperiamo. Abbiamo trovato una creatura umana che era buona e che non è diventata cattiva: semplicemente è sparita. Affrettiamoci a cercarla. Una ci basta! Non abbiamo sempre detto che tutto può andar bene se un essere umano può resistere in questo mondo, anche uno solo?

Spariscono rapidamente.

X.

Aula di tribunale.

A gruppi: il barbiere Shu Fu e la padrona di casa; Sun e sua madre; Wang, il falegname, il nonno, la giovane prostituta, i due vecchietti; la Shin; il poliziotto; la cognata.

VECCHIETTO È troppo potente.

WANG Vuole aprire dodici negozi nuovi.

FALEGNAME Come potrà essere giusta la sentenza, se il barbiere Shu Fu e la signora Mi Tzü, amici dell'imputato, sono anche amici del giudice?

COGNATA Ieri sera hanno visto la Shin portare un'oca grassa nella cucina del giudice, per ordine del signor Shui Ta. Il grasso gocciolava fuori dalla cesta.

VECCHIETTA (*a Wang*) Non troveranno mai la nostra povera Shen Te.

WANG Sí, solo gli dèi potrebbero scoprire la verità.

POLIZIOTTO Silenzio! Entra la corte!

Entrano i tre dèi in toga da magistrati. Mentre sfilano alla ribalta per andare ai loro seggi, li si sente mormorare tra loro.

TERZO DIO Ci scopriranno. Le falsificazioni dei certificati erano pessime.

SECONDO DIO E la gente si stupirà dell'improvvisa indigestione del giudice.

PRIMO DIO No, è naturalissima, si è mangiato mezza oca!

SHIN Sono dei giudici nuovi!

WANG E molto buoni!

Il terzo dio, che è in coda, lo sente, si volta e gli sorride. Gli dèi si siedono. Il primo dio batte il martello sul tavolo. Il poliziotto fa entrare Shui Ta, che è accolto con fischi, ma incede con molto sussiego.

POLIZIOTTO Si prepari a una sorpresa. Non c'è il giudice

Fu Yi Ceng. Però i nuovi giudici hanno l'aria di esser molto indulgenti.

Shui Ta vede gli dèi e sviene.

PROSTITUTA GIOVANE Che roba è questa? Il re del tabacco è svenuto!
COGNATA Sí, appena ha visto i nuovi giudici!
WANG Pare che li conosca! Non capisco.
PRIMO DIO Siete voi il commerciante di tabacco Shui Ta?
SHUI TA (*debolmente*) Sí.
PRIMO DIO Siete imputato di reato contro la vostra cugina carnale Shen Te, che avreste fatto sparire per impossessarvi dei suoi beni. Vi riconoscete colpevole?
SHUI TA No.
PRIMO DIO (*sfogliando gli atti*) Interrogheremo per primo il poliziotto di servizio nel quartiere, circa la reputazione dell'imputato e quella di sua cugina.
POLIZIOTTO (*si fa avanti*) La signorina Shen Te era una ragazza che desiderava esser gentile con tutti. Viveva e lasciava vivere, come si dice. Il signor Shui Ta, invece, è un uomo di fermi principî. La generosità della signorina lo obbligava a volte a prendere misure severe. Però, all'opposto della ragazza, rimaneva sempre nell'ambito della legge, eccellenza. Una volta, certa gente alla quale sua cugina in buona fede aveva dato alloggio, fu da lui smascherata come una banda di ladri; in un altro caso, salvò la signorina Shen Te, impedendole all'ultimo momento di rendere una falsa testimonianza. Conosco il signor Shui Ta come cittadino rispettabile e rispettoso delle leggi.
PRIMO DIO Ci sono altri fra i presenti disposti a testimoniare che l'imputato non è sospettabile del presunto delitto?

Si avanzano Shu Fu e la padrona di casa.

POLIZIOTTO (*sottovoce agli dèi*) Il signor Shu Fu, una persona molto influente!
SHU FU Il signor Shui Ta è considerato in questa città un uomo d'affari distintissimo. È vicepresidente della

camera di commercio e si prevede la sua elezione a giudice di pace del quartiere.

WANG (*intervenendo*) Voi la prevedete! Perché fa affari con voi!

POLIZIOTTO (*sottovoce*) Un cattivo soggetto!

PADRONA DI CASA Come presidentessa del comitato di pubblica assistenza, desidero portare a conoscenza della corte che il signor Shui Ta non solo prossimamente ospiterà numerose persone in locali eccellenti, salubri e luminosi, ma contribuisce di continuo alla nostra fondazione per il ricovero degli invalidi.

POLIZIOTTO (*sottovoce*) La signora Mi Tzü, ottima amica del giudice Fu Yi Ceng.

PRIMO DIO Sí, sí; però adesso dobbiamo sentire se qualcuno ha da deporre in senso meno favorevole all'accusato.

Si avanzano Wang, il falegname, il vecchietto e la vecchietta, il disoccupato, la cognata e la giovane prostituta.

POLIZIOTTO La feccia del quartiere!

PRIMO DIO Che cosa potete dire della condotta di Shui Ta?

GRIDA (*insieme*) Ci ha rovinati! – Mi ha ricattata! – Ci ha spinti al male! – Ha sfruttato i poveri! – Mentito! – Ingannato! – Assassinato!

PRIMO DIO Imputato, che avete da replicare?

SHUI TA Eccellenza, non ho fatto che salvare semplicemente la vita a mia cugina. Sono venuto solo quando lei ha corso il rischio di perdere il suo negozietto. Tre volte son dovuto venire e me ne son sempre tornato via subito; soltanto l'ultima volta le circostanze mi hanno obbligato a rimanere. Non ne ho cavato altro che fastidi. Mia cugina era simpatica a tutti; io ho dovuto addossarmi la parte dell'orco, e per questo mi odiano.

COGNATA Puoi dirlo! Prenda il nostro caso, eccellenza! (*A Shui Ta*) E non parlo dei sacchi.

SHUI TA Perché no? Perché no?

COGNATA (*agli dèi*) Shen Te ci ha dato ricovero e lui ci ha fatto arrestare.

SHUI TA Rubavate i pasticcini!

COGNATA Già, proprio dei pasticcini del fornaio si preoccupava, lui! Voleva il negozio per sé, ecco quel che voleva!

SHUI TA Il negozio non era un asilo notturno, egoisti che siete!

COGNATA Ma noi non sapevamo dove andare!

SHUI TA Eravate in troppi!

WANG E questi due? (*Indicando il vecchietto e la vecchietta*) Anche loro erano degli egoisti?

VECCHIETTO Abbiamo messo i nostri risparmi nel negozio di Shen Te. Perché ci hai fatto perdere il nostro negozio?

SHUI TA Perché mia cugina voleva aiutare un aviatore che non poteva piú volare. Avevo bisogno di procurarle il denaro.

WANG Lei, forse, voleva aiutare l'aviatore a volare. Ma a te interessava soltanto il posto a Pechino che rendeva bene. Il negozio non ti bastava.

SHUI TA L'affitto era troppo alto!

SHIN Questo posso confermarlo.

SHUI TA E mia cugina di affari non se ne intendeva.

SHIN Anche questo è vero! Per di piú, era innamorata dell'aviatore.

SHUI TA Forse non le era permesso di essere innamorata?

WANG Certo! Ma allora, perché volevi obbligarla a sposare un uomo che lei non amava, il barbiere, quello lí?

SHUI TA L'uomo che lei amava era un mascalzone.

WANG Quello? (*Indica Sun*).

SUN (*salta su inviperito*) E perché era un mascalzone, tu te lo sei preso nel tuo ufficio!

SHUI TA Per correggerti! Per correggerti!

COGNATA Per farne un aguzzino!

WANG E dopo che l'avevi corretto, non volevi venderlo a quest'altra (*indica la padrona di casa*)? Lo ha proclamato lei ai quattro venti.

SHUI TA Perché lei non mi dava i suoi locali, se lui non le palpeggiava le ginocchia.

PADRONA DI CASA Bugia! Non parli di quei locali! Non

voglio aver niente a che fare con lei, assassino! (*Esce con gran strepito, offesa*).

SUN (*deciso*) Eccellenza, devo dire una parola in favore di quest'uomo!

COGNATA Certo che lo devi. Sei al suo servizio.

DISOCCUPATO È il peggiore aguzzino che abbia mai conosciuto. È un essere depravato.

SUN Eccellenza, l'imputato può aver fatto di me tutto quello che dicono, ma non è un assassino. Pochi minuti prima del suo arresto ho udito la voce di Shen Te provenire dal ripostiglio attiguo al negozio.

PRIMO DIO (*ansioso*) Dunque, è viva? Riferisci esattamente quello che hai sentito!

SUN (*trionfante*) Un singhiozzo, eccellenza, un singhiozzo!

TERZO DIO E hai riconosciuto la sua voce?

SUN Ma naturalmente! Come potrei non riconoscerla?

SHU FU Certo, l'hai fatta singhiozzare abbastanza!

SUN Però l'ho anche resa felice. Ma poi lui (*indica Shui Ta*) voleva venderla a te.

SHUI TA (*a Sun*) Perché tu non l'amavi!

WANG No, per i soldi!

SHUI TA Ma a che potevano servirmi i soldi, eccellenza? (*A Sun*) Tu volevi che lei sacrificasse a te tutti i suoi amici, mentre il barbiere le ha offerto le sue casette e il suo denaro per aiutare i poveri. Anche per questo era giusto che le consigliassi di sposare il barbiere: perché potesse fare del bene.

WANG E perché allora non le hai permesso di far del bene, quando è stato firmato quel grosso assegno? Perché hai mandato gli amici di Shen Te in quello sporco inferno della tua manifattura, re del tabacco?

SHUI TA L'ho fatto per il bambino!

FALEGNAME E dei miei bambini? Che ne hai fatto dei miei bambini?

Shui Ta tace.

WANG Taci, finalmente! Gli dèi avevano dato il negozio a Shen Te perché fosse una piccola fonte di bene. Lei avrebbe sempre voluto far del bene e tu sei sempre venuto a guastar tutto.

SHUI TA (*fuori di sé*) Perché la fonte si sarebbe inaridita, pazzo che non sei altro!

SHIN Questo è vero, eccellenza!

WANG A che serve una fonte, se non ci si può attingere?

SHUI TA Le opere buone vogliono dire la rovina!

WANG (*furibondo*) Ma le cattive azioni vogliono dire una bella vita, eh? Che cosa hai fatto della buona Shen Te, uomo cattivo? Quante sono le anime buone, eccellenza? Lei sí, era buona! Quando quell'uomo là mi ha rotto la mano, lei voleva testimoniare per me. Era buona, lo giuro! (*Alza la mano per giurare*).

TERZO DIO Che cosa è successo a quella mano, acquaiolo? È anchilosata.

WANG (*indicando Shui Ta*) È tutta colpa sua, soltanto sua! Lei voleva darmi i denari perché andassi dal dottore, ma poi è venuto lui! Tu, sei il suo nemico mortale!

SHUI TA Io ero il suo unico amico!

TUTTI Dov'è ora?

SHUI TA Partita!

WANG Per dove?

SHUI TA Non lo dirò!

TUTTI Ma perché è partita?

SHUI TA (*grida*) Perché altrimenti l'avreste fatta a pezzi!

Silenzio improvviso.

SHUI TA (*si è abbandonato sulla sua sedia*) Non ne posso piú, spiegherò tutto. Fate sgombrare la sala, rimangano solo i giudici, e farò una confessione.

TUTTI Vuol confessare! – È colpevole!

PRIMO DIO (*batte col martello sul tavolo*) Fate sgombrare la sala!

Il poliziotto fa uscire il pubblico.

SHIN (*ridendo, mentre se ne va*) Sarà una bella sorpresa!

SHUI TA Sono andati? Proprio tutti? Non posso piú tacere, vi ho riconosciuti, o altissimi!

SECONDO DIO Che ne hai fatto della nostra anima buona del Sezuan?

SHUI TA Lasciate che vi confessi la terribile verità: la vostra anima buona sono io! (*Si toglie la maschera e si strappa di dosso i vestiti. Appare Shen Te*).

SECONDO DIO Shen Te!

SHEN TE Sí, sono io. Shui Ta e Shen Te in una sola persona.

Come un fulmine
il vostro antico comandamento di esser buona e di vivere bene
mi ha squarciata in due parti.
Non so come è accaduto. Ma
mi era impossibile esser buona per gli altri e per me stessa.
Troppo faticoso soccorrere me stessa e il prossimo.
Ah, com'è difficile il vostro mondo! Troppa miseria,
troppa disperazione!
La mano tesa al mendicante, viene da quello afferrata
e divelta; sei perduto
se aiuti il perduto. Come si potrebbe
resistere a lungo alla cattiveria, se chi non mangia carne
è destinato a perire?
Da chi avrei potuto avere tutto ciò che è necessario? Soltanto
da me stessa! Cosí sono perita. Il peso
delle buone intenzioni mi schiacciava, mentre
commettendo ingiustizie camminavo a testa alta
e mangiavo la buona carne!
Qualcosa dev'essere sbagliato nel vostro mondo. Perché
c'è un premio per i cattivi? Perché
la bontà è tanto duramente punita?
Oh come avrei voluto trattarmi bene!
Eppure era in me una segreta saggezza. La mia matrigna
mi lavava nell'acqua della grondaia:
per questo ho lo sguardo acuto. Eppure
la pietà mi pungeva il cuore e la miseria

degli altri mi rendeva come un lupo infuriato. Poi
ho sentito ogni cosa mutarsi in me,
e il labbro mutarsi in rostro, e le parole di bontà
farsi cenere nella bocca. Ma ancora
mi piaceva essere l'angelo dei sobborghi; il dare
era sempre una voluttà. Un viso felice,
e mi sentivo in paradiso. Condannatemi:
tutti i miei delitti li ho commessi per aiutare il prossimo,
per amore del mio amore, per salvare
il mio bambino dal bisogno. Troppo piccola ed umile,
ero, o dèi, per i vostri piani.

PRIMO DIO (*con tutti i segni dell'orrore*) Non dire piú nulla, sventurata! Cosa dovremmo pensare noi, che tanto ci rallegravamo di averti ritrovata!

SHEN TE Ma dovevo pur dirvi che sono io l'essere cattivo, i cui crimini tutti hanno qui testimoniato!

PRIMO DIO Tu sei l'anima buona, di cui tutti non hanno detto che bene!

SHEN TE No, anche la cattiva!

PRIMO DIO Un malinteso! Delle circostanze disgraziate! Qualche vicino senza cuore! Un certo eccesso di zelo!

SECONDO DIO Ma come potrà continuare a vivere?

PRIMO DIO Potrà. È forte, solida, può sopportare molto.

SECONDO DIO Ma non hai sentito quello che ha detto?

PRIMO DIO (*con violenza*) Era tutto confuso! Molto confuso! È incredibile, assolutamente incredibile! Dovremmo riconoscere che i nostri comandamenti sono micidiali? Dovremmo rinunciare ai nostri comandamenti? (*Cocciuto*) Mai! Il mondo dovrebbe essere cambiato? Come? Da chi? No, tutto è a posto! (*Batte rapidamente col martello sul tavolo*) E ora...

A un suo cenno si ode musica. Luce rosata.

E ora ce ne torniamo. Questo piccolo mondo
ci ha avvinti abbastanza. Le sue gioie, le sue pene
ci hanno rallegrati e ci hanno addolorati.
Ma lassú, al di là delle stelle

a te penseremo con gioia, Shen Te, anima buona
che del nostro spirito sei quaggiú testimonianza
e nella fredda oscurità porti la piccola lampada.
Addio, sii buona!

Fa un cenno e il soffitto si apre. Scende una nuvola rosa, e su di essa gli dèi salgono lentamente verso l'alto.

SHEN TE Oh, no, altissimi! Non andatevene! Non lasciatemi! Come potrò guardare negli occhi quei due buoni vecchietti che hanno perduto il negozio, e l'acquaiolo con la sua mano anchilosata? E come mi difenderò dal barbiere che non amo e da Sun che amo? E aspetto un bambino, presto il mio piccolo sarà qui e vorrà mangiare! Non lasciatemi! (*Guarda atterrita verso la porta, da cui rientrano i suoi persecutori*).

PRIMO DIO Lo puoi. Sii buona e tutto diventerà buono!

Entrano i testimoni. Guardano sbalorditi i giudici che navigano sulla nuvoletta rosa.

WANG Manifestate rispetto! Gli dèi sono apparsi tra noi! Tre delle piú alte deità sono venute nel Sezuan a cercare un'anima buona. L'avevano già trovata, ma...

PRIMO DIO Nessun ma! Eccola lí!

TUTTI Shen Te!

PRIMO DIO Non era morta, si era solo nascosta. Adesso rimarrà con voi! Un'anima buona!

SHEN TE Ma ho bisogno del cugino!

PRIMO DIO Non troppo spesso!

SHEN TE Almeno una volta alla settimana!

PRIMO DIO Una volta al mese, basterà!

SHEN TE Oh, non andatevene, altissimi! Non vi ho detto tutto! Ho bisogno, assolutamente bisogno di voi!

GLI DÈI (*cantano*)

TERZETTO DEGLI DÈI SCOMPARENTI SULLA NUVOLA.

Ahimè, non possiamo fermarci
piú di una fuggevole ora.

Non potete a lungo fissarci
o la favola bella scolora.
Ombra gettano i vostri corpi
nel nostro nimbo dorato.
Lasciateci far ritorno
lassú, al nulla incantato.

SHEN TE Aiuto!

GLI DÈI

Ogni ricerca ormai lasciamo
e su, piú su presto voliamo!
Lodiamo ognora e ancor lodiamo
l'anima buona del Sezuan.

Mentre Shen Te, disperata, tende le braccia verso di loro, gli dèi scompaiono verso l'alto sorridendo e facendo cenni con la mano.

Epilogo.

Uno degli attori esce dal sipario e, in atteggiamento di scusa, recita al pubblico il seguente epilogo:

Egregi spettatori, or non siate scontenti.
Forse v'aspettavate che finisse altrimenti.
Una leggenda d'oro avevamo inventata,
ma poi, strada facendo, in male s'è cambiata.
E sgomenti vediamo a sipario caduto
che qualunque problema è rimasto insoluto.
Per di piú, siete in diritto di dirci:
«Volete che veniamo? Dovete divertirci!»
Inutile inseguire pretesti e schermi vani:
siam falliti, se voi non battete le mani!
Forse che la paura ha spento l'inventiva?
Si è già visto altre volte. Ma un'altra via d'uscita
neanche i vostri soldi han saputo ispirarla.
Deve cambiare l'uomo? O il mondo va rifatto?
Ci voglion altri dèi? O nessun dio affatto?
Siamo annientati, a terra, e non solo per burla!
Né v'è modo di uscir dalla distretta
se non che voi pensiate fin da stasera stessa
come a un'anima buona si possa dare aiuto,
perché alla fine il giusto non sia sempre battuto.
Presto, pensate come ciò sia attuabile!
Una fine migliore ci vuole, è indispensabile!

Indice

Stampato per conto della Casa editrice Einaudi
presso ELCOGRAF S.p.A. - Stabilimento di Cles (Tn)

C.L. 6403

Ristampa — Anno

22 23 24 25 26 27 — 2019 2020 2021 2022

Collezione di teatro

Ultimi volumi pubblicati

171 O'Neill, *Il lutto si addice ad Elettra*.
172 De Filippo, *Gli esami non finiscono mai*.
173 Sofocle, *Antigone*.
174 Aristofane, *Lisistrata*.
175 De Filippo, *Sabato, domenica e lunedí*.
176 De' Medici, *Aridosia*.
177 Valle-Inclán, *Divine parole*.
178 De Filippo, *Mia famiglia*.
179 De Filippo, *Bene mio e core mio*.
180 Porta, *La presa di potere di Ivan lo sciocco*.
181 Molière, *Tartufo o L'impostore*.
182 Aub, *San Juan*.
183 Euripide, *Le Troiane*.
184 Solženicyn, *Una candela al vento*.
185 De Filippo, *De Pretore Vincenzo*.
186 De Filippo, *Ditegli sempre di sí*.
187 Dorst, *Era glaciale*.
188 Sarraute, *Isma* ovvero *Quel che si dice niente* seguito da *È bello*.
189 Schnitzler, *Girotondo*.
190 Kezich, *Il fu Mattia Pascal*.
191 Canetti, *La commedia della vanità*.
192 Maraini, *La donna perfetta* seguito da *Il cuore di una vergine*.
193 Shakespeare, *La bisbetica domata*.
194 Ibsen, *Peer Gynt*.
195 Valle-Inclán, *Luci di bohème*.
196 Weiss, *Tre atti unici*.
197 Pinelli. *Il Giardino delle Sfingi e altre commedie*.
198 Goldoni, *I due gemelli veneziani*.
199 Aristofane, *Rane*.
200 De Filippo, *Io, l'erede*.
201 Ariosto, *La Lena*.
202 Pinter, *Vecchi tempi*.
203 Wesker, *I vecchi*.
204 Pinter, *Terra di nessuno*.
205 Handke, *Esseri irragionevoli in via di estinzione*.
206 Fo, *La signora è da buttare*.
207 Rosso, *Un corpo estraneo - Esercizi spirituali*.
208 Maraini, *Don Juan*.
209 Bertolazzi, *El nost Milan*.
210 Weiss, *Il processo*.
211 O'Neill, *Lunga giornata verso la notte*.
212 Albee, *Marina*.
213 Shakespeare, *Le allegre comari di Windsor*.
214 De Simone, *La gatta Cenerentola*.
215 Dürrenmatt, *Il complice*.
216 Machiavelli, *Clizia*.
217 Lowell, *Prometeo incatenato*.
218 Blok, *Drammi lirici*.
219 Sofocle, *Le Trachinie*.
220 Plauto, *Il soldato spaccone*.
221 Shakespeare, *Coriolano*.
222 De Musset, *Lorenzaccio*.
223 Molière, *Le intellettuali*.
224 Williams (William Carlos), *Molti amori. Un sogno d'amore*.
225 Shakespeare, *La dodicesima notte*.
226 Genet, *Le Serve*.
227 Molière, *Il malato immaginario*.
228 Weiss, *La persecuzione e l'assassinio di Jean-Paul Marat rappresentati dai filo-drammatici di Charenton, sotto la guida del Marchese di Sade*.
229 De Filippo, *Le bugie con le gambe lunghe*.
230 De Filippo, *Il figlio di Pulcinella*.
231 De Filippo, *Chi è cchiú felice 'e me!*
232 Shakespeare, *Il racconto d'inverno*.
233 Miller (Arthur), *Morte di un commesso viaggiatore*.
234 Dürrenmatt, *La dilazione*.
235 Seneca, *Ercole furioso*.
236 Euripide, *Elena*.
237 De Filippo, *Tommaso d'Amalfi*.
238 Calderón de la Barca, *La vita è sogno*.
239 Pinter, *Il compleanno*.
240 Shakespeare, *Misura per misura*.
241 Shakespeare, *Molto rumore per nulla*.
242 Plauto, *Anfitrione*.
243 Apollinaire, *Le mammelle di Tiresia - Color del tempo*.
244 Lessing, *Emilia Galotti*.
245 Dürrenmatt, *Radiodrammi*.

246 Calderón de la Barca, *Il medico del proprio onore - Il pittore del proprio disonore*.
247 Céline, *Progresso*.
248 Pinter, *Il guardiano*.
249 Genet, *Il Balcone*.
250 Goldoni, *Il ventaglio*.
251 Goldoni, *Trilogia della villeggiatura*.
252 Brecht, *Nella giungla delle città*.
253 Brecht, *Vita di Edoardo Secondo d'Inghilterra*.
254 Brecht, *Teste tonde e teste a punta* ovvero *Ricco e ricco van d'accordo*.
255 Ford, *La sventura d'essere una prostituta*.
256 Ionesco, *La lezione - Le sedie*.
257 Pinter, *Tradimenti*.
258 Genet, *I Negri*.
259 Verga, *La lupa*.
260 Schiller, *Maria Stuarda*.
261 Fruttero e Lucentini, *La cosa in sé*.
262 Čechov, *Atti unici*.
263 Čechov, *Lešij*.
264 Čechov, *Platonov*.
265 Čechov, *Teatro*.
266 *Mettiti al passo!* Soggetto di Eduardo De Filippo. Versione di Claudio Brachini.
267 Eschilo, *I Persiani*.
268 Plauto, *I due Menecmi*.
269 Scabia, *Scontri generali*.
270 Brecht, *Turandot* ovvero *Il Congresso degli Imbiancatori*.
271 Goldoni, *La Famiglia dell'Antiquario*.
272 Weiss, *Hölderlin. Dramma in due atti*.
273 D'Amico, *Le lettere di Lewis Carroll*.
274 Pinter, *La serra*.
275 Ionesco, *Viaggi tra i morti*.
276 Wesker, *Trilogia (Brodo di pollo con l'orzo, Radici, Parlo di Gerusalemme)*.
277 Schiller, *La pulzella d'Orléans*.
278 Pinter, *Altri luoghi (Una specie di Alaska, Victoria Station, Voci di famiglia)*.
279 *L'erede di Shylock*. Soggetto di Eduardo De Filippo. Versione di Luciana Luppi.
280 Frisch, *Trittico. Tre quadri scenici*.
281 *Un pugno d'acqua*. Soggetto di Eduardo De Filippo. Versione di Renato Ianní.
282 Pinter, *Il bicchiere della staffa* e *Monologo*.
283 Schiller, *I masnadieri*.
284 Marivaux, *Le false confidenze*.
285 Schnitzler, *Anatol*.
286 Albee, *Chi ha paura di Virginia Woolf?*
287 Duras, *Suzanna Andler*.
288 Mrożek, *Emigranti*.
289 Sheridan, *Il critico* ovverosia *Le prove di una tragedia*.
290 Schnitzler, *Amoretto*.
291 Ibsen, *Hedda Gabler*.
292 Genet, *Sorveglianza speciale - I Paraventi*.
293 Williams (Tennessee), *Lo zoo di vetro*.
294 *Peppino Girella*. Sceneggiatura di Eduardo De Filippo e Isabella Quarantotti.
295 Molière, *La scuola delle mogli*.
296 Shaffer, *Amadeus*.
297 Strindberg, *La contessina Julie*.
298 Alfieri, *Mirra*.
299 Kleist, *Il Principe di Homburg*.
300 Goldoni, *Il campiello*.
301 Manzoni, *Adelchi*.
302 Turgenev, *Pane altrui*.
303 Jarry, *Ubu re*.
304 Kleist, *Pentesilea*.
305 Svevo, *La rigenerazione*.
306 Rohmer, *Il trio in mi bemolle*.
307 Hampton, *Les Liaisons dangereuses*.
308 Strindberg, *Danza di morte*.
309 Marivaux, *La disputa* e *Gli attori in buona fede*.
310 Schiller, *Guglielmo Tell*.
311 Cocteau, *La voce umana* e *La macchina infernale*.
312 Dürrenmatt, *La visita della vecchia signora*.
313 Ginzburg (Natalia), *L'intervista*.
314 Calderón de la Barca, *L'alcalde di Zalamea*.
315 Coleridge, *La caduta di Robespierre*.
316 Shakespeare, *Tito Andronico*.
317 Goethe, *Stella. Commedia per amanti*.
318 Beckett, *Finale di partita*.
319 Ibsen, *Rosmersholm*.
320 Ruzante, *La Piovana*.

321 García Lorca, *Donna Rosita nubile o Il linguaggio dei fiori*.
322 Goldoni, *La casa nova*.
323 Miller (Arthur), *Erano tutti miei figli*.
324 O'Neill, *Drammi marini*.
325 Minoret - Arnaud, *Salotti*.
326 Aristofane, *Donne all'Assemblea*.
327 Brecht, *Baal*.
328 Labiche, *La cagnotte*.
329 Manzoni, *Il conte di Carmagnola*.
330 Scarpetta, *Miseria e nobiltà*.
331 Schiller, *La congiura del Fiesco a Genova*.
332 Sofocle, *Edipo re. Edipo a Colono*.
333 Shakespeare, *Pene d'amore perdute*.
334 Babel', *Tramonto*.
335 Euripide, *Oreste*.
336 Coward, *Breve incontro*.
337 Bulgakov, *I giorni dei Turbin*.
338 Giacosa, *Come le foglie*.
339 Strindberg, *Il padre*.
340 Pasolini, *Affabulazione*.
341 Lope de Vega, *Il nuovo mondo scoperto da Cristoforo Colombo*.
342 Griboedov, *L'ingegno porta guai*.
343 Euripide, *Ifigenia in Aulide. Ifigenia in Tauride*.
344 Pirandello, *Sei personaggi in cerca d'autore*.
345 Aristofane, *Pace. Uccelli*.
346 Puig, *Tango delle ore piccole*.
347 Čapek, *L'affare Makropulos*.
348 Cortázar, *I re*.
349 Sofocle, *Filottete*.
350 Pinter, *Chiaro di luna*.
351 Beckett, *L'ultimo nastro di Krapp. Ceneri*.
352 Shakespeare, *Timone d'Atene*.
353 Ceronetti, *La iena di San Giorgio*.
354 Da Ponte, *Don Giovanni*.
355 Canetti, *Nozze*.
356 Eschilo, *Prometeo incatenato*.
357 Miller (Arthur), *Vetri rotti*.
358 Albee, *Tre donne alte*.
359 Hugo, *Ruy Blas*.
360 Williams (Tennessee), *La rosa tatuata*.
361 Goodrich-Hackett, *Il diario di Anne Frank*.
362 Emilio Tadini, *La deposizione*.
363 Pinter, *Ceneri alle ceneri*.
364 Gide-Barrault, *Il processo*.
365 Saramago, *Teatro*.
366 Enzo Siciliano, *Morte di Galeazzo Ciano*.
367 Raffaello Baldini, *Carta canta. Zitti tutti!*
368 Fo, *Diavolo con le zinne*.
369 Tirso de Molina, *L'ingannatore di Siviglia e il convitato di pietra*.
370 Perrucci, *Il convitato di pietra*.
371 De Filippo, *Tre adattamenti teatrali*.
372 Corneille, *Il Cid*.
373 Kristof, *La chiave dell'ascensore. L'ora grigia o l'ultimo cliente*.
374 Pinter, *La collezione. Paesaggio*.
375 Webster, *La duchessa di Amalfi*.
376 De Simone, *L'opera buffa del Giovedí Santo*.
377 Byron, *Manfredi*.
378 Miller, *Il mondo di Mc Peters*.
379 Williams, *Nemico di classe*.